Der Mann in der Eisernen Maske

Der MANN in der EISERNEN MASKE

ein Roman von

Wolfgang van Deuverden

BSM

Die Deutsche Bibliothek - CIP-Einheitsaufnahme.
Der Mann in der eisernen Maske/Wolfgang van Deuverden.
1. Auflage - Nürnberg: Burgschmiet Verlag/1998
ISBN 3-932234-17-0

ISBN 3-932234-17-0

Covergestaltung und Gestaltung des Bildteils: Susanne Gebert
Redaktion und Lektorat: Gudula Jungeblodt
Lizensiert durch CTM Merchandising.

Printed in Germany

Prolog

Ein vorsichtiges, fast zaghaftes Klopfen weckte den alten Mann. Langsam, kaum merklich hob er seine Augenlider. Noch halb im Schlummer hörte er eine Stimme: „Monsieur, Euer Besuch ist da!“ Bevor er antwortete, suchten seine Augen das Licht. Er blickte einige Sekunden aus dem Fenster, durch das die letzten Sonnenstrahlen sich vom Tag verabschiedeten und das Zwielicht der blauen Stunde den Beginn des Abends begrüßte. „Ja, bitte“, sagte er leise, und die Tür öffnete sich. Mit behenden Schritten trat ein junger, gutaussehender Mann mit langen, glatten, schwarzen Haaren durch die Tür, dessen schlichte Kleidung viel von gutem Geschmack aber geringem Einkommen verriet. Unter seinem Arm hielt er eine große, schwarze Kladde, in seiner Hand einen mit Schreibutensilien gefüllten, ledernen Beutel.

„Monsieur de Latour, es freut mich, Euch zu sehen“, begrüßte ihn der alte Mann, „Danke, daß Ihr Euch die Mühe gemacht habt, so schnell hierher zu kommen.“ Der junge Mann verbeugte sich tief und antwortete: „Monsieur, es ist mir eine große Ehre.“ „Bitte, nehmt Platz“, sagte der alte Mann und wies mit einer kleinen Handbewegung auf einen riesigen, ledernen Sessel ihm direkt gegenüber, vor dem ein rundes, schwarzes Tischchen stand. Monsieur de Latour setzte sich und blickte sein Gegenüber erwartungsvoll an.

„Wundert Euch nicht, daß ich Euch so eilig hierher gebeten habe und Euch nun auch bitten möchte, die Nacht mit mir zu verbringen, hier in dieser kargen Stube, aber viel Zeit habe ich nicht mehr. Am Ende meines langen Lebens habe ich mich entschlossen, eine Geschichte zu erzählen, die ich vor vielen Jahren erlebt habe und die ich leider nicht mehr selbst niederschreiben kann."
„Oh ja, ich weiß, Monsieur, Ihre Krankheit..."

Der Alte hob die Hand und sagte: „Jean-Pierre, ich weiß Euer Mitgefühl zu schätzen, aber jedes Ding auf dieser Welt hat seine Zeit und meine ist nun bald abgelaufen. Ich werde Euch eine Geschichte erzählen aus einer dunklen Zeit. Aus einer Zeit, in der die Herzen der Menschen kalt waren, kalt vor Wut und Haß gegen ihren König. Eine Geschichte über Liebe und Verzweiflung, Betrug und Verrat. Aber auch eine Geschichte von Freundschaft und Treue. Ich will sie Euch so erzählen, wie ich sie nach den vielen Jahren noch in meinem Herzen trage. So, wie ich mich erinnere, daß sie sich zugetragen hat. Und ich bitte Euch, die Geschichte aufzuschreiben und im Verborgenen zu verwahren. Nicht nur bis ich gestorben bin, sondern auch bis ans Ende Eures eigenen Lebens. Sie soll erst dann gelesen werden, wenn nicht einmal mehr die Kinder derer leben, um die es dabei geht. Denn so grausam sind die Geschehnisse aus jenen Tagen, daß sie unheilbare Wunden schlagen könnten, ja gar einen Krieg entfachen. Monsieur de Latour, Euch schenke ich mein Vertrauen, wie ich schon vor vielen, längst vergangenen Jahren Eurem Vater vertraute. Ihr wißt, ich kannte Euren Vater schon, als er noch ein junger Musketier am Hofe des Königs war. Und dort beginnt auch die Geschichte, die ich Euch erzählen will.“ Unterdessen war die Sonne untergegangen. Monsieur de Latour schob eine kleine Kerze näher und entzündete sie. Er klappte die Kladde auf, nahm Tintenfaß und eine Feder aus seinem braunen Beutel, blickte den alten Mann an und sagte: „Ich bin bereit, Monsieur.“

Der Alte lehnte sich in seinem Sessel zurück, blickte versonnen ins Nirgendwo, seine Augen schienen in eine ferne Vergangenheit zu blicken, und er begann zu erzählen...

Verschwörung

1662 herrschten Unruhen auf den Straßen von Paris. Es hungerten nicht nur die Armen, es hungerten die Handwerker, die Kaufleute, ihre Frauen und Kinder. In vielen Vierteln kam es zu blutigen Aufständen.

Aber warum ging es dem einfachen Volk zu jener Zeit in einem eigentlich reichen Land wie Frankreich so schlecht, trotz erfolgreicher Ernten in den vorangegangenen Jahren und einer weitgehend befriedeten Lage an den Grenzen? Der französische König, Louis XIV., konzentrierte alle Kräfte der Krone auf bevorstehende kriegerische Auseinandersetzungen, hauptsächlich gegen England. Die Steuern wurden drastisch angehoben, die Erträge der Felder und der Viehzucht direkt auf den Äckern und Höfen requiriert und in die Bestände der Armee überführt. So hungerte und darbte das Volk, was den Hof nicht hinderte, rauschende Feste zu feiern, um den Glanz des Königs weithin erstrahlen zu lassen.

An einem Morgen, als wieder einmal ein solch rauschendes Fest bevorstand, trieb ein junger Mann in eiliger Hast sein Pferd über die staubigen Feldwege vor den Toren von Paris. Sein samtiger, schwarzer Umhang wehte ebenso im Wind wie seine langen, schwarzgelockten Haare. Sein Ziel war das Haus seines Vaters, Athos Graf de Bragelonne. Als die Sonne langsam begann, die eisige Luft des Morgens zu erwärmen, traf der junge Reiter auf dem kleinen Landgut seines Vaters ein. Seine Augen erblickten als erstes die ordentlich geschnittenen Hecken, die den kleinen, mit Rosen bepflanzten Garten begrenzten. Ein kerzengerader, mit Kies bestreuter Weg führte direkt zu der schweren Eingangstür aus dunkler Eiche, an der ein messingfarbener Klöppel mit dem eingegossenen Gesicht eines brüllenden Löwen den Besucher Einlaß begehren ließ. Der Reiter schwang sich vom Pferd, band es mit einer geschickten Bewegung mit dem Zaumzeug an einem Pfahl fest und lief mehr als er ging auf die Eingangstür zu. Bevor er sie noch erreichte, öffnete sie sich und ein stattlicher, in Ehren ergrauter, leicht unrasierter Landedelmann trat ins gleißende Licht der Sonne – sein Vater. Die beiden begrüßten sich herzlich und fielen sich in die Arme. „Raoul, mein lieber Sohn“, sagte Athos, „ Ich hatte Dich erst in zwei Tagen erwartet.“ „Ja, Vater, aber gestern erhielt ich eine Depesche von Monsieur de Planchet. Der König gibt heute ein Gartenfest und von allen seinen Regimentern sind junge Offiziere eingeladen. So vertrete ich heute die Fahnen meiner

Garnison.“ Die über den Besuch des Sohnes erfreute Miene von Athos verfinsterte sich, seine Mimik verhieß deutliche Unbill. Die beiden gingen nebeneinander her durch einen kleinen Flur in die große Eingangshalle des Hauses. Alle vier Wände zierten Porträts ihrer Ahnen. Die Herren, meist mit ernster Miene, die Damen mit freundlichen Gesichtern, viele von ihnen mit Strick- und Häkelzeug in ihren zarten, aristokratischen Händen. Das Geschlecht derer de Bragelonne wurzelte tief in Frankreichs Vergangenheit. Viele mutige Männer und kluge, schöne Frauen waren die Vorfahren dieser beiden, die ins Gespräch vertieft eher achtlos an den Porträts ihrer Vorfahren vorbei gingen und deren Schicksal sich mit dem Beginn des angebrochenen Tages so grausam wenden sollte. Vater und Sohn setzten sich in einem kleinen Nebenraum vor dem Speisezimmer an einen mit frischen Blumen aus dem eigenen Garten hübsch dekorierten Tisch, auf dem Brot und Wein jedem Besucher eine willkommene Einkehr verhießen. „Der König feiert rauschende Feste, während sein Volk hungert. Mein Sohn, das ist nicht mehr das Frankreich, dem ich einst mit Überzeugung und mit Liebe diente. Aber, sprechen wir über Erfreulicheres. Du wirst heute Mademoiselle de Bellefort sehen?“ „Natürlich“, entgegnete Raoul, und der Glanz seiner ohnehin strahlenden, blauen Augen verstärkte sich noch bei dem Gedanken an seine geliebte Christine. „Wir treffen uns in zwei Stunden am Eingang der Gärten zu den Tuilerien und besuchen das Fest heute gemeinsam. Das erste Mal wollen wir dem Hof unsere Verbundenheit öffentlich zeigen." Der Enthusiasmus und das soeben geäußerte Vorhaben seines Sohnes schienen Athos gesunkene Laune nicht zu heben, doch er schwieg und behielt seine bösen Vorahnungen für sich. Versonnen blickte er auf das Wappen mit der Lilie, das den Mantel seines Sohnes zierte und das vom langen Ritt über die Felder von einer dunkel-schimmernden Staubschicht überzogen war. „Marie-Louise wird Deine Kleider säubern, obwohl ich befürchte, daß das Volk von Paris mehr Schmutz nach diesem Wappen werfen wird, als ein Ritt durch einen Sumpf ihm auftragen könnte." Athos rief nach Marie-Louise, und eine blonde Magd mit üppigen, breiten Hüften und einer ebenso bemerkenswerten Oberweite betrat den Raum. In ihren Händen hielt sie eine kleine Schatulle, die an ihrer vorderen Seite deutlich mit dem Wappen der Familie Bragelonne gekennzeichnet war. Über ihr einfaches, bäuerliches Gesicht, das dennoch von einer herben Schönheit war, huschte ein Hauch von Überraschung, der sich schnell in übergroße Freude wandelte. „Junger Herr, da seid Ihr ja ..." Marie-Louise verbeugte sich mit einem tiefen, leider etwas linkischen Knicks. „Marie, meine liebe Marie, wie lange haben wir uns nicht mehr gesehen?“ Mit einer schnellen Bewegung hob Raoul Marie-Louise an ihren beiden Armen aus der Verbeugung hoch. Wie zufällig berührte er dabei leicht ihre großen, ausladenden Brüste, eine Berührung, die einem zärtlichen Hauch gleichkam. Marie-Louise errötete und erhob sich. Raoul hatte an diese Magd sehr schöne und freundschaftliche Erinnerungen. Nicht nur durch die gemeinsame Jugendzeit, sondern auch so manchen Gedanken an zärtliche Berührungen und schamhafte Küsse auf dem gedroschenen Stroh in den Hütten hinter den Feldern seines Vaters. Athos, der die Situation mit einem Blick erkannte, lächelte milde und löste die Spannung, indem er sich an Marie-Louise wandte. „Ah, Du hast an das Geschenk gedacht, Marie-Louise. Ich danke Dir! Wenn wir hier gleich fertig sind, säuberst Du bitte Raouls Kleider. Er ist heute Gast am Hof des Königs und muß in Kürze schon wieder aufbrechen.“ Die Enttäuschung war deutlich in Marie-Louises Gesicht abzulesen und so sagte sie nur „Jawohl, gnädiger Herr“, stellte die kleine Schachtel ab und verließ das Zimmer ohne Raoul noch einmal anzuschauen. „Mein lieber Sohn, ich möchte Dir heute ein besonderes Geschenk machen.“ Athos ergriff die Schachtel und öffnete sie. Auf dunkelblauem Samt blitzte ein einfacher, goldener Ring. „Nein, Vater, das ist Mutters Ring, das kann ich nicht annehmen.“

„Mein Sohn, die Liebe ist ein Geschenk der Hoffnung. Deine geliebte Mutter verließ mich, als Du das Licht der Welt erblicktest. Du bist alles, was mir von ihr geblieben ist, und dieser Ring gehörte schon ihrer Mutter - nun soll er der Deine sein. Er soll Dich begleiten, und die Liebe Deiner Mutter soll immer über Dich wachen.“ Ergriffen von den Worten seines Vaters nahm Raoul den Ring und versuchte, ihn sich überzustreifen. Er paßte jedoch nur an den kleinen Finger seiner linken Hand, den der Ring nun fest umklammerte. Athos wischte sich verstohlen eine Träne aus dem Auge und sagte: „Nun bereite Dich auf die Weiterreise vor, mein Sohn, und mache dem Namen unserer Familie heute Ehre bei Hof.“ Raoul verließ das Zimmer und begab sich in den oberen Teil des Hauses.

Athos ließ sich mit einem tiefen Seufzer in seinem Stuhl nieder und griff mit seiner rechten Hand in die Tasche seines Wams. Er holte einen Brief zum Vorschein, der ihm eine Stunde vor Raouls Ankunft von einem Boten überbracht worden war. Athos öffnete das ihm wohlbekannte Siegel und las eine ihm vertraute Handschrift:

Athos, mein lieber Freund. Dunkle Wolken ziehen an Frankreichs Himmel empor. Ich werde Dich in Kürze mit unserem guten Freund Porthos zusammen aufsuchen. Aramis.

Athos faltete den Brief vorsichtig zusammen und steckte ihn in seine Tasche. Die vertraute Schrift des Freundes zu lesen, ließ Athos Gedanken zurückschweifen in vergangene, glorreichere Tage. Er schloß die Augen und ein mildes Lächeln ließ ihn zum zweiten Mal an diesem Tag freundlich erscheinen.

Zur gleichen Zeit als Raoul auf dem Gut seines Vaters eintraf, polterte ein offensichtlich betrunkener, riesenhafter Hüne in einem äußerst verrufenen Haus in einem der schlechteren Pariser Quartieres sein Gegenüber an. „Ihr habt mich zum zweiten Mal angeschaut, Monsieur. Wollt Ihr mich provozieren?“ „Ich glaube, Ihr seid ein wenig zu betrunken, Monsieur, und vielleicht auch ein wenig zu dick und zu alt, um mit mir einen Streit anzufangen.“ Das Gesicht des Hünen lief puderrot an. „Dick? Dick mag ich ja sein – aber alt? Was ist alt, Monsieur? Alt bin ich nur an Jahren, in denen ich eitlen, überheblichen Pfauen, wie Ihr es seid, in Scharen die Bäuche aufgeschlitzt habe.“ Der Hüne erhob sich und begann, reichlich ungeschickt und deutlich vom Alkohol benebelt, mit dem Versuch, seinen Degen aus der Scheide zu ziehen. Dabei beugte er sich leicht nach vorn und aus seinem Darm entwich ein lauter, lang anhaltender Furz. Sein gut und gerne fünfundzwanzig Jahre jüngeres Gegenüber sprang behende auf, lief zu ihm herüber und rief: „Du altes, versoffenes, furzendes Ungetüm, willst mir den Bauch aufschlitzen?“ Er begann lauthals zu lachen. Der Hüne hob vorsichtig den Kopf, seine Augen funkelten den Gegner böse an. Leise sagte er: „Nein.“ „ So, dann wollen wir uns jetzt aber schön entschuldigen, mein dicker Alter“, erwiderte das Gegenüber. In diesem Moment bewegte der Hüne sich und trat seinem Kontrahenten mit der Wucht eines ausschlagenden Pferdes in die Leistengegend. Dabei schrie er wie von Sinnen: „Dir will ich lieber die Hoden zerquetschen.“ Der so Getroffene fiel augenblicklich mit dem Gesicht vornüber und blieb wimmernd auf dem Boden liegen. Der Hüne wandte sich um und blickte eine leicht bekleidete Rothaarige, die unmittelbar hinter ihm stand, an. „Nun wollen wir uns wieder den beiden wirklich wichtigen Dingen des Lebens zuwenden, Francine - Deinen beiden wunderschönen Titten.“ Er ließ seinen gewaltigen Schädel nach vorne fallen, zog die Frau an sich und drückte sein Gesicht fest zwischen ihre Brüste. Mit der linken Hand entfernte er die letzten Fetzen Kleidung von ihrem Busen und als er eben in Begriff war, den weit hervorstehenden zart-rosa Nippel zwischen seine Lippen zu pressen, öffnete sich die Tür der Spelunke.

Das einströmende Sonnenlicht irritierte den Hünen. Überrascht fragte er: „Ist es schon wieder Tag?“ „Allerdings“, rief eine schwarz gewandete Gestalt und trat einen Schritt in den Schankraum. Blitzschnell drehte sich der Hüne um und erschrak. Die vollständig schwarz bekleidete Person erschien ihm für einen Augenblick wie der leibhaftige Tod, der umrahmt von einer goldenen Corona gleißenden Sonnenlichts vor ihm stand wie ein Racheengel. „Bist Du gekommen mich zu holen?“ fragte zaghaft der betrunkene Riese. „In der Tat, Porthos, hast Du vergessen, daß wir heute eine Verabredung haben?“ „Aramis!“ rief der Riese und lief mit ausgebreiteten Armen auf die Gestalt zu. Direkt vor ihm stehend versuchte er etwas unbehend auch diesen Mann, sozusagen zur Begrüßung, ebenfalls in die Leistengegend zu treten. Dieser wich jedoch mit einer geschickten Bewegung zur Seite aus und so polterte das Ungetüm mit einem gewaltigen Krach auf den Dielenboden der Schankstube. Dabei stieß er sich bei seinem ungebremsten Fall ganz heftig seinen Schädel an der geöffneten Eingangstür. Am Boden liegend sagte er jammernd: „Aramis, mein Freund, ich habe mich verletzt.“ Der so Angesprochene kitzelte den liegenden Riesen leicht mit der Spitze seines Schuhs in der Gegend seiner Rippen und erwiderte: „Aber Porthos, ernsthaft verletzt kannst Du nicht sein, Du hast Dir ja nur den Kopf gestoßen.“ Er reichte Porthos seine Hand und ächzend zog sich dieser daran hoch. „Dort draußen stehen unsere Pferde und wir haben gut und gerne eine Stunde zu reiten bis zum Gut von Athos. Und heute wird ein langer Tag, mein Freund.“ Die beiden ungleichen Männer verließen das Gasthaus, bestiegen zwei davor angezäumte Pferde, der eine leicht und behend, der andere schwer schnaufend und mühsam. Dann ritten sie, die aufsteigende Sonne im Rücken, davon in einen ungewissen Tag.

Zur gleichen Zeit, als Porthos seinen Kontrahenten in der Spelunke so böse mißhandelte, öffnete in Versailles der junge König Louis XIV. nach ausgiebigem Schlaf seine Augen. Er blinzelte ein wenig, räkelte sich, schob sich mit einer kleinen Bewegung seiner linken Hand die langen, braunen Haare aus der Stirn und blickte in ein ihm wohlbekanntes Gesicht. „Guten Morgen, Sire. Und wieder beginnt ein großer Tag für unser Land und für Euch, Eure Majestät.“ „Ach Pierre, ehrlicher wäre zu sagen, wieder beginnt ein langweiliger Tag ohne Abwechslung und Vergnügen", antwortete der König und setzte sich in seinem Bett auf. Pierre betrachtete ihn, wie er sich mit seinem weißen Gesicht und seinen langen Haaren vor der aufgestickten Lilie auf dem größten der elf Kissen in seinem Bett räkelte und sagte: „Sire, Ihr seht heute morgen wirklich großartig aus." Louis lächelte ihn an und antwortete: „Danke Pierre, ich weiß, daß Dein Kompliment aus berufenem Munde kommt, aber dennoch wäre es mir lieber, wenn Du Deinen Liebhabern schmeicheltest und nicht mir." „Majestät", sagte Pierre, „leider kommen schlechte Nachrichten aus der Stadt. Der Pöbel beginnt, sich aufzulehnen und zu rebellieren." „Ach was", antwortete Louis, „sagen sie etwa wieder, sie haben nichts zu Essen?" „Ja, Sire." „Nun, dann sollen sie sich eben etwas kochen", antwortete der König und stieg lachend aus seinem Bett. „Nun aber im Ernst, mein lieber Pierre, vielleicht sollten wir zur Beruhigung der Situation in großem Stil Lebensmittel auf den Straßen verteilen lassen. Ich sollte später mit D`Artagnan darüber sprechen." „Sire", erwiderte Pierre, „der Marschall Eurer Garde verschafft sich in diesem Augenblick seinen eigenen Eindruck über die Lage auf den Straßen von Paris. Monsieur D`Artagnan wird in zwei Stunden zurück erwartet." „Gut", entgegnete

Louis, „dann will ich noch vor unserem Gartenfest mit ihm darüber sprechen.“ Der König entledigte sich seines Nachthemdes und bewegte sich in Richtung seines Ankleideraumes. Der Blick von Pierre folgte gebannt seinem König. „Pierre“, sagte dieser, ohne sich umzudrehen, „wende Dich bitte ab, wenn Dein König sich ankleidet“ und verschwand durch eine der großen Türen ins Ankleidezimmer.

Zur gleichen Zeit, als der König in Versailles erwachte, ritt der Marschall der Musketiergarde des Königs, Monsieur D´Artagnan, über einen Marktplatz im Herzen von Paris. Vor einer Gruppe von etwa fünfzig zerlumpten Gestalten, Männer und Frauen in etwa gleicher Zahl, zügelte er sein Pferd. Der Blick der Gruppe fiel als erstes auf sein Lilienwappen, das deutlich erkennbar an seinem Umhang prangte. „Ihr seid der Vasall unseres Untergangs, Monsieur, der Knecht des Hungers“, rief ihm ein großer, bärtiger Mann zu. „Warum versammelt Ihr Euch hier?“ fragte der Reiter. „Weil wir beraten wollen, wie es weiter gehen soll“, schrie eine Frau mit ausgemergeltem Gesicht, kurzen und struppigen Haaren. „Ihr wollt beraten, wie es weitergehen soll?“ fragte D`Artagnan, „meint Ihr nicht, das sei Sache des Königs?“ „Es ist Sache des Königs, unsere Kinder des Hungers sterben zu lassen“ , antwortete der bärtige Mann, „warum tut er das?" „Frankreichs Grenzen sind von Feinden bedroht. Der König wird mit England um das Überleben der Krone ringen müssen. Seine erste Sorge gilt in diesen Tagen seiner Armee", rief D`Artagnan zurück, während eine weitere Gruppe zerlumpter Bettler begann, sein Pferd zu umringen. „Wenn uns die Engländer überrennen, geben die uns vielleicht zu Essen, Monsieur", rief eine Stimme aus dem Hintergrund. Dieser Satz machte D`Artagnan wütend. „Das ist Hochverrat", schrie er zurück, „es ist Verrat an Frankreich und am König." In diesem Augenblick sah D`Artagnan im Augenwinkel, wie etwas auf ihn zugeflogen kam. Blitzschnell riß er seinen Degen aus der Scheide und hielt ihn in die Bahn des Wurfgeschosses. Er zerteilte mit präzisem Schnitt einen vergammelten Kohlkopf genau in der Mitte. Bewundernd wichen die ihn Bedrängenden einige Meter zurück. „Wenn es Euch so schlecht geht, wie ihr sagt, warum werft Ihr dann mit Nahrung?" „Es ist keine Nahrung, Monsieur, es sind die vergammelten Abfälle der Armee, die hier verteilt werden. Wer seid Ihr überhaupt?" D`Artagnan wußte, daß die Menschen recht hatten, und doch wollte er seinen König, dem er lebenslange Treue geschworen hatte, vor ihnen verteidigen. „Ich bin D`Artagnan, Befehlshaber der Musketiere des Königs und Marschall

Frankreichs", rief er zurück. Bewundernd stob die Meute auseinander. „Und ich verspreche Euch, daß ich dem König berichten werde, was ich hier mit eigenen Augen gesehen habe. Ich sage Euch, unser guter König Louis weiß von alledem nichts." Ohne eine Antwort abzuwarten riß er seinen Rappen herum und galoppierte davon. Er hatte genug gesehen. Er nahm sich vor, mit dem König zu sprechen, nicht bald, sondern heute – noch vor dem Fest.

Porthos und Aramis waren derweil nicht mehr weit von Athos Haus entfernt. „Ich hoffe sehr, es gibt heute ein großes Fest zu unseren Ehren. Ein üppiges Mahl, viel Wein und noch mehr Weiber", sagte Porthos. „Das glaube ich kaum", entgegnete Aramis, „heute haben wir nichts zu feiern, heute sprechen wir mit unserem Freund über die Zukunft Frankreichs." „Über die Zukunft Frankreichs?" fragte Porthos ungläubig zurück, „haben wir etwa einen Auftrag des Königs?" „Nein, mein Freund", entgegnete Aramis, „wir haben keinen Auftrag, aber vielleicht verschaffen wir ihn uns heute." „ Das verstehe ich nicht", entgegnete Porthos. „Warte ab, bis wir bei Athos eingetroffen sind, dort wirst Du mehr erfahren." „Und keine Weiber?", erwiderte der enttäuschte Porthos, mit einer leicht hoffnungsvollen Stimme zaghaft fragend, „wirklich gar keine Weiber?" Ärgerlich entgegnete Aramis: „Ich verspreche Dir, gar keine Weiber!“ „Wenn Du mich so unfreundlich behandelst, reite ich nicht mehr weiter. Ich bleibe hier, genau hier und bewege mich keinen Schritt mehr.“ Porthos zügelte sein Pferd, stieg ab und ließ sich unmittelbar im Schatten eines großen Baumes nieder. „Porthos, sei ein guter Junge und laß uns weiterreiten.“ „Nein, Monsieur“, entgegnete Porthos. „Kein Auftrag, aber Weiber, und ich reite mit Dir. Eine Mission und keine Weiber, und ich reite mit Dir. Aber keines von beidem – dann kann ich ebenso gut hier sitzen und an meinen Fürzen riechen.“ Aramis zelebrierte mit einem leichten Stöhnen eine große schauspielerische Verzweiflungsgeste und stieg von seinem Pferd. Er machte ein paar Schritte und nahm neben seinem Freund auf der feuchten Wiese im Schatten des Baumes Platz. „Hör mir genau zu, Porthos. Was ich Dir jetzt sage, sage ich nur einmal. Frankreich stöhnt und ächzt unter der Last des drohenden Krieges. Die Menschen hungern.“ „Hungrig bin ich übrigens auch.“ Aramis ging über diese Bemerkung hinweg und sprach beschwörend weiter: „Schuld hat der Hof. Aber über allem liegt ein dunkles, schauriges Geheimnis. Und so haben wir eine Mission. Sie ist uns nicht direkt erteilt und doch müssen wir sie annehmen. Mehr kann ich Dir nicht sagen. Nur noch soviel – Frankreichs Schicksal liegt in unseren Händen. Auch in Deinen, Porthos! Also haben wir eine Mission.“ Porthos sprang auf, hob theatralisch den Arm und schrie so laut er konnte: „Ja, mein Freund, die haben wir. Für Frankreich – für den Kööö...“ In diesem Augenblick verließ ein unglaublich lauter Rülpser Porthos Hals und beendete seinen pathetischen Ausruf. Belustigt sagte Porthos zu seinem Freund: „Aramis, wie Du hörst bin ich wirklich hungrig.“ Die beiden alten Musketiere bestiegen ihre Pferde und setzten ihren Ritt zum Haus von Athos fort.

Mit eiligen Schritten lief D‘Artagnan in die Bibliothek nahe den Privaträumen des Königs in Versailles. Die beiden Berater von König Louis, Pierre LeBrun und Claude de Chevreuse erwarteten ihn schon. „Pierre, wann ist es möglich, den König zu sprechen?“, fragte D‘Artagnan, als er das Zimmer betrat. An seinen Schuhen klebte noch der Staub der Straßen von Paris. „Monsieur D‘Artagnan“, erwiderte der leicht blasierte Pierre, „würdet Ihr es nicht für vordringlich halten, sich erst angemessen zu kleiden, bevor Ihr unter die Augen Seiner Majestät treten?“ In diesem Augenblick erschien Louis durch einen rückwärtigen Eingang in der Bibliothek. „Pierre,“ sagte er, „ich glaube nicht, daß es Dir zusteht, Monsieur D‘Artagnan einen

Rat zu geben.“ „Verzeihung, Sire, aber ich dachte …“ „Du sollst nicht denken“, antwortete der König, „sondern Du sollst tun, was ich Dir sage. Und nun laßt mich mit Monsieur D‘Artagnan allein.“ Mit säuerlicher Miene verließen die beiden Ratgeber des Königs den Raum. Als sich die Türen geschlossen hatten, setzte sich Louis auf ein kleines, rotes Canapé, legte sich bequem zur Seite und sagte zu D‘Artagnan: “Mein lieber Freund, wie ich höre, habt Ihr auf den Straßen von Paris die Lage erkundet. Wie geht es meinen geliebten Untertanen?“ D‘Artagnan senkte leicht seinen Kopf, blickte den König an und sagte: „Gar nicht gut, wirklich gar nicht gut, Majestät. Eure Untertanen hungern, und ich befürchte, sie werden rebellieren.“ Louis hob die Augenbrauen und erwiderte überrascht: „Rebellieren? Gegen wen?“ „Gegen Euch, Majestät.“ „Aber ich bin der König.“ „Ja, Majestät“, antwortete D‘Artagnan, „Ihr seid der König eines hungernden Volkes.“ „Ach das meint Ihr“, entgegnete Louis, „zu Eurer Beruhigung kann ich Euch sagen, D‘Artagnan, daß ich Générale Colbert heute Weisung gegeben habe, Lebensmittel auf den Straßen von Paris zu verteilen. Er will noch heute damit beginnen. Monsieur, ich will, daß die Menschen ihren König lieben.“ „Sire“, entgegnete D‘Artagnan, „dazu müßt auch Ihr das Volk von Frankreich lieben.“ „Aber

D'Artagnan, ich liebe mein Volk mit Inbrunst. Ich liebe mein Volk mit ungezwungener Leidenschaft. Ich bin ein junger König, das müssen die Menschen wissen." „Ja, Sire, das wissen sie. Aber Ihr müßt auch ein guter König sein." Louis schnellte aus seiner bequemen Haltung hoch und sagte mit Schärfe in der Stimme: „Zweifelt Ihr daran?" Leise entgegnete D'Artagnan: „Nein, Sire." „Nun, Ihr werdet sehen, D'Artagnan, alles wird sich zum Besten wenden. Heute nachmittag, wenn wir in den Tuilerien zusammen feiern, wird alles schon viel leichter und besser aussehen." „Wenn Ihr es sagt, Sire."

D'Artagnan verbeugte sich und verließ im höfischen Stil rückwärts gehend den Raum, ohne seinen König noch einmal anzuschauen. Nachdem er die Bibliothek verlassen hatte, ging D'Artagnan die große, hölzerne Treppe, die hinter den Gemächern des Königs nach unten führte, hinab. Er war verwirrt und suchte Sammlung. So betrat er die kleine Kapelle, die unmittelbar unterhalb der königlichen Gemächer gelegen war. Dunkle Stille empfing ihn beim Betreten des Gotteshauses. D'Artagnan bekreuzigte sich und kniete nieder im Angesicht des Kreuzes. Da bemerkte er, daß er nicht allein war. Wenige Meter vor ihm kniete eine Frau auf einer hölzernen Bank, tief ins Gebet versunken. Sie trug ein schlichtes, dunkles Kleid und hatte ihre wunderschönen, schwarzen Haare hochgesteckt. D'Artagnan spürte, wie Leidenschaft sein Herz ergriff und in seinen Adern zu pulsieren begann. Jene schmerzliche Leidenschaft, die er schon so lange verspürte und die sein Herz nicht einmal zerbrach, sondern schon tausendmal zerbrochen hatte. Er wandte sich ab und wollte eben die Kapelle verlassen, als eine zarte Stimme an sein Ohr drang, deren Klang ihn augenblicklich überwältigte. „D'Artagnan, bitte laß mich Dich ansehen." D'Artagnan wandte sich um und blickte in ein wunderschönes, ebenmäßiges Gesicht. Zwei funkelnde dunkle Augen sahen ihn mit einer ebenso traurigen Leidenschaft an, wie auch er sie in seinem Herzen spürte. Er wollte etwas erwidern, aber er konnte nicht. Wortlos blieb er stehen, als die Frau sich auf ihn zu bewegte. „Caro Viso, Monsieur, mein geliebtes Gesicht ..." seufzte die Frau. „Königliche Hoheit, Anne ..." Seine Hände erfaßten die ihren. Doch bevor er noch etwas erwidern konnte, huschte die so sehr geliebte wie ein schemenhafter Schatten an ihm vorbei und verließ die Kirche. Noch minutenlang verharrte D'Artagnan unbewegt. Seit so vielen Jahren war er im Bann einer großen, unglücklichen Liebe. Er liebte die Mutter des Königs.

Schnaufend trabten die beiden Pferde über den

Kiesweg zu Athos Haus. Besonders Porthos Pferd trug schwer an der Last seines Reiters. Ihr Freund erwartete sie schon vor der Tür. Die beiden stiegen ab, und die drei Freunde begrüßten sich herzlich. Sie hatten sich schon seit einigen Jahren nicht mehr in dieser Runde gesehen. Scherzend und lachend betraten sie das Speisezimmer in Athos Haus. „Gewiß bist Du hungrig, mein Freund," sagte Athos zu Porthos gewandt. „Und ob", erwiderte dieser und ließ sich schwer schnaufend in einen großen Stuhl fallen. „Das dachte ich mir. Und darum habe ich Euch ein kleines Mahl bereiten lassen." In diesem Augenblick betrat Marie-Louise das Zimmer und stellte ein Tablett mit Wein, Brot und einer großen Terrine mit eingekochtem Rindfleisch auf den Tisch. „Ah, das ist lecker", rief Porthos und er meinte nicht die soeben gebrachten Speisen. Sein Blick lag auf dem üppigen Hinterteil von Marie-Louise und unverzüglich landete auf diesem auch seine Hand. „Aber Monsieur", rief diese aus und entzog sich Porthos Griff mit einem Kichern. „Und du sagtest, hier gäbe es keine Weiber", flüsterte Porthos zu Aramis gewandt, um schnell Marie-Louise noch „wir sehen uns später, Mademoiselle" nachzurufen. Dann waren die drei alten Recken alleine. Während Aramis seinen Mantel aufknöpfte, wandte sich Porthos erst einmal ungezügelt dem zu, was ihm jetzt am wichtigsten erschien – dem Wein und dem eingekochten Rindfleisch. „Mein Freund, Du hast mir in Deiner Depesche geschrieben, es ginge bei unserem Treffen heute um die Zukunft Frankreichs“, sagte Athos. „So ist es“, erwiderte Aramis mit Ernst in seiner Stimme. In diesem Augenblick betrat Raoul das Zimmer. „Vater, ich bin... Oh, ich sehe, der Besuch ist schon da.“ Porthos wandte sich um und sagte voller Erstaunen: „Das ist Raoul? Der kleine Raoul? Den ich erst gestern noch auf meinem Rücken trug, sein Pferd spielend, während er mit seinem Holzschwert focht?“ „Mein Freund“, sagte Athos, „woran Du Dich erinnerst, ist über sechzehn Jahre her. Derweil ist mein Sohn Offizier in der Armee des Königs.“ „So gern würde ich Euren Geschichten lauschen, Messieurs, aus Frankreichs vergangenen Tagen, aber die Herren müssen entschuldigen. Ich bin heute zu Gast bei Hofe und wollte mich soeben nur von meinem Vater verabschieden.“ „Möge Gott Dich auf Deinen Wegen behüten“, sagte Aramis mit einer düsteren Bitternis in seiner Stimme. Vater und Sohn umarmten sich herzlich und während Raoul das Haus verließ und auf sein Pferd stieg, um in die Gärten der Tuilerien zu reiten, bereitete Aramis seine Freunde darauf vor, Ihnen eines der dunkelsten Kapitel aus Frankreichs Geschichte zu erzählen.

Eine wunderschöne junge Frau in Begleitung ihrer Zofe wartete am Eingang der Gärten des Königs. Sie wartete auf ihren Geliebten – auf Raoul. Ihr Herz begann höher zu schlagen bei jedem Reiter, den sie aus der Ferne kommen sah. „Wie sehe ich aus, Claire", fragte sie ihre Zofe am heutigen Tag bestimmt schon zum hundertsten Mal. „Mademoiselle, Ihr seid wunderschön", erwiderte Claire, „Ihr seid die schönste Frau bei Hofe." Christine wandte sich um. Wieder sah sie in weiter Entfernung einen einzelnen Reiter. Und diesmal ahnte sie es nicht nur – sie wußte es. Es war ihr geliebter Raoul. In eiligem Galopp kam er näher, zügelte sein Pferd vor den bereitstehenden Dienern, sprang galant aus dem Sattel, schlug sich den Staub vom Umhang und ging mit beherzten Schritten auf Christine zu. Diese spürte, wie das Blut in ihre Wangen schoß, ihr Herz wie rasend anfing zu schlagen und ihre Hände feucht wurden vor Aufregung. Nun war Raoul bei ihr angekommen und stand in seiner ganzen stattlichen Erscheinung vor ihr. Den höfischen Sitten gemäß begrüßte er sie mit vornehmer Zurückhaltung. „Mademoiselle, ich schätze mich glücklich, Euch zu sehen." „Das gleiche gilt auch für mich, Monsieur", erwiderte Christine und doch sah sie, trotz der förmlichen Begrüßung, in seinen Augen das Feuer der Leidenschaft lodern.

Nebeneinander gehend betraten sie die Tuilerien und das Gartenfest des Königs. Am Eingang saßen direkt vor einer kleinen, herzförmig geschnittenen Hecke vier als Engel verkleidete Pagen und spielten auf hölzernen Instrumenten fröhliche Melodien. Die Verliebten sahen einen Augenblick zu, Christine amüsierte sich und sie gingen weiter in Richtung der Wasserspiele. Auf der Sonnentreppe vor der Longue des Königs war ein riesiges, korallenförmiges Buffet aufgestellt, das sich über viele kleine Tischchen in den Garten hinein vereinzelte. Die Pracht der Dekoration und die unglaublich üppige Auswahl an Speisen und Getränken war überwältigend. Wildbret aus den Wäldern des Königs lag in kleine Stücke zerteilt und prächtig angerichtet auf allen Tischen. Meerestiere waren so lebensecht dekoriert, daß man nur darauf wartete, daß sie im nächsten Moment losschwimmen würden. Phantasievoll uniformierte Diener standen überall mit einer Auswahl leckerer kleiner Köstlichkeiten bereit. Es war ein großes Fest im Stile eines großen Hofes. Als die beiden Liebenden sich unbelauscht wußten, verloren ihre Gespräche jede Förmlichkeit. „Christine, meine geliebte Christine. Mein Herz verzehrt sich nach Dir.“ „Raoul, mein geliebter Raoul. Mir geht es ebenso. Am Tage lese ich Deine Briefe, am Abend schlafe ich mit Deinem Gesicht vor Augen ein, ich träume die süßesten Träume von Dir und am Morgen wache ich mit dem Gedanken an Dich auf." Von soviel Liebe überwältigt sah Raoul Christine nur tief in die Augen und faßte sie zart an ihrer Hand. Sie standen inmitten hochrankender Rosen, die zu einer Rotunde geformt die Mitte der königlichen Gärten bildete.

Von seiner Longue aus beobachtete Louis XIV das bunte Treiben seiner Gäste. „Das, Pierre", sagte er zu der als Gott Pan verkleideten Gestalt zu seiner linken, „das ist Frankreich. Nicht der Schmutz und der Pöbel, sondern die Schönheit und die Eleganz." „Allerdings, Sire, auch ich habe schon viele junge, elegante Männer gesehen, deren Bekanntschaft zu machen ich mir für den Abend vorgenommen habe. Zum Beispiel diesen stattlichen dunkelhaarigen Offizier dort in der Rosen-Rotunde, der gerade die Hand dieser kleinen ..." „Dieser kleinen Schönheit hält", unterbrach ihn der König, „wer ist sie?" Er betrachtete Christine dabei mit wachsender Begeisterung durch ein kleines, goldenes, mit Brillanten besetztes Fernglas. „Das ist eine junge Landadelige namens Christine de Bellefort, die seit einigen Monaten hier am Hofe lebt" beantwortete der rechts neben ihm stehende Claude de Chevreuse seinem König die Frage. „Nun, mein lieber Claude, diese junge Dame ist wirklich eine außerordentliche Schönheit, selbst hier bei Hofe. Ich möchte, daß sie mir heute Abend vorgestellt wird, nach dem Fest und zwar in meinen Privatgemächern." „Sire, soweit mir bekannt ist, soll sie diesem jungen Offizier neben ihr versprochen sein, dem Vicomte Raoul de Bragelonne." „Aber, Pierre, soweit ich weiß, wird dieser junge Offizier noch auf diesem Fest wieder zu seiner Einheit zurück kommandiert, da bin ich mir ganz sicher." „Sire, ich werde mich sofort darum kümmern", sagte Claude und verschwand. „Einem schönen Tag wird ein schöner Abend folgen, Pierre", sagte der König und wandte sich scherzend anderen Gästen zu. Christine und Raoul setzten derweil ihren Spaziergang fort, ohne zu ahnen, daß die zurückliegenden Minuten ihrer beider Schicksal unabänderlich beeinflussen sollten.

„Das ist ja eine ganz unglaubliche Geschichte, mein lieber Aramis." Betroffen von der Geschichte, die er in den vergangenen Stunden gehört hatte, blickte Athos seinen alten Kampfgenossen an. „Aber ich habe Euch nichts als die reine Wahrheit erzählt, das schwöre ich bei meinem Glauben." Wie zur Bestätigung des eben Gesagten bekreuzigte sich Aramis. „Was aber soll nun werden, mein Freund", fragte Athos. „Porthos und ich werden noch heute versuchen,

Louis XIV., König von Frankreich.

Aramis tritt seinem König gegenüber.

Athos erhält überraschend Besuch.

D'Artagnan, der Marschall der Musketiere.

Drei Freunde aus alten Tagen.

Der König schmiedet böse Pläne.

Raouls Schicksal wird besiegelt.

Christine erfährt von Raouls Tod.

Der König und sein Hofstaat.

Der König liebt Christine.
Athos Sohn ist tot.
Der König verführt die schöne Christine.

Die Befreier auf dem Weg in die Bastille.

Porthos sucht Streit.

Christine entlarvt Louis.

Christine wird sich bewußt, was sie getan hat.

Louis glaubt, daß der Gefangene tot ist.

in die Bastille zu kommen, noch heute Nacht", antwortete Aramis. Der bislang sehr schweigsame Porthos blickte erschreckt zu Aramis, griff nach seinem Krug Wein, nahm einen großen Schluck und stieß beim Zurückstellen des Kruges ein beherztes „das werden wir!" aus. „Aber Aramis, was soll dann folgen?" fragte Athos. „Wir werden dem Recht ans Licht verhelfen", erwiderte Aramis. „Aber der König?" Athos war entsetzt. Entsetzt über das, was er gehört hatte, entsetzt über das Vorhaben seiner Freunde. „Messieurs, wovon Ihr hier sprecht, ist Rebellion gegen die Krone. Ich habe dem König lebenslange Treue geschworen, mein Sohn dient in seiner Armee. Was immer Ihr vorhabt, ich will und ich werde Euch nicht helfen." „So kann ich mich doch auf Eure Verschwiegenheit verlassen?", fragte Aramis. „Natürlich, Monsieur, aber wir haben am heutigen Tage auch das letzte Mal über diese Sache gesprochen. Ich will nie mehr etwas davon hören." Athos wandte sich ab und blickte aus einem der Fenster des Zimmers. Eisige Stille herrschte. Aramis und Porthos verließen schweigend das Haus, stiegen auf ihre Pferde und ritten Richtung Paris, Richtung der Bastille, einem der schlimmsten und verrufensten Gefängnis in ganz Frankreich. In ihren Herzen trugen sie den Mut und ihre Überzeugungen. Ein einsamer Athos sah Ihnen nach. Er ahnte nicht, wie sehr er noch in die verhängnisvollen Ereignisse verstrickt werden sollte, die nun folgen würden.

Annäherung

Was er hörte, war ein gequälter Schrei. Vorsichtig erhob er sich und bewegte sich in Richtung der Tür. Seine Hände faßten an das zerfaserte Holz. Langsam ließ er sie nach unten gleiten. Er hörte Schritte kommen. Gleichzeitig fühlte er sich durch das unentwegte Schreien im Hintergrund irritiert. Konzentriert lauschte er den immer näher kommenden Schritten. Er war erstaunt. Er kannte die Schritte nicht. Es waren fremde Schritte. Nicht die ihm vertrauten. Die Jahre in dunkler Abgeschiedenheit hatten sein Gehör extrem geschärft. Er kannte jeden Laut in seiner Umgebung, aber diese Schritte, die nun schon fast auf der Höhe seiner Tür angekommen waren – nein, die kannte er nicht. Gespannt wartete er, was geschehen würde.

„Monsieur, seid Ihr der Vicomte de Bragelonne, Raoul de Bragelonne?“ „So ist es, Monsieur. Was kann ich für Euch tun?“ „Ich habe hier eine Depesche für Euch von Générale Colbert.“ „Danke, Monsieur.“ Raoul war überrascht. Er stelle sein Glas mit Champagner auf ein kleines Tischchen, entschuldigte sich bei Christine, ging einige Schritte zur Seite und öffnete den Brief. Erstaunt gewahrte er den Inhalt. In kurzen, militärischen Worten wurde er sofort zu seiner Einheit zurückkommandiert, deren Verlegung an die Front unmittelbar bevorstehe. Er steckte den Brief in die Tasche und wandte sich mit traurigen Blicken zu Christine. „Meine Liebe, ich habe keine gute Nachricht. Ich muß das Fest und Dich verlassen, sofort. Eine dienstliche Angelegenheit." „Raoul...." Christines Stimme klang besorgt. „Es ist nichts Schlimmes. Normalität im Leben eines Soldaten", erwiderte Raoul. „Ich muß mich verabschieden, meine Liebe. Aber ich habe eine Bitte: Verständige bitte meinen Vater über meine Abreise." Raoul nahm Christines Hand und blickte ihr tief in die Augen. „Meine geliebte Christine. Wir werden uns so bald wie möglich wiedersehen. Und ich werde Dir schreiben – jeden Tag. Ich muß Dich jetzt verlassen, aber mein Herz bleibt bei Dir." „Nimm dafür das meine mit, Raoul", erwiderte Christine, die Augen voller Tränen. Raoul ließ ihre Hand los und schickte sich an, das Fest zu verlassen. Immer wieder wandte er sich um, bis er schließlich hinter den großen Hecken, die die Gärten des Königs auf ihrer linken Seite begrenzten, gänzlich verschwunden war. Traurig blickte Christine ihrem Geliebten nach.

König Louis hatte sich indes vom Fest zurückgezogen. Er hatte nach D`Artagnan geschickt. Die beiden trafen sich in den Privatgemächern des Königs. „Mein lieber D`Artagnan, Ihr seid der Mann meines Vertrauens.“ „Das ehrt mich, Sire“, entgegnete D`Artagnan. „Mich erreichten Nachrichten, die mich sehr nachdenklich werden ließen. Hinsichtlich der Unruhen auf den Straßen der Hautptstadt.“ „Welche sind das, Majestät?“ „Nun, ich vernahm, daß das Feuer der Rebellion von bestimmten Kreisen geschürt wird.“ D`Artagnan hob die Augenbrauen. „Und welche Kreise sollen das sein, Majestät?“ „Meine Informanten sagen, die Schwarzröcke nutzten die schwere Lage, in der wir uns befinden, aus, ihre Machtposition in Frankreich wieder zu stärken. An ihrer Spitze stehen die Jesuiten. Man sagte mir weiter, die Jesuiten hätten einen neuen Anführer erkoren. Sozusagen einen Jesuitengeneral. Was sagt Ihr dazu, D`Artagnan ?“ „Nun, Sire, wenn dem so ist, müssen wir gegen diese Leute vorgehen, wie gegen jeden Verräter an der Krone.“ „Das, mein lieber D`Artagnan, sehe ich genauso. Und wie ich weiß, habt Ihr einen alten Freund und Kampfgefährten, der vor vielen Jahren dem weltlichen Leben abgeschworen hat und nun ein Jesuitenpadre ist.“ „Das stimmt, Sire. Der ehemalige Musketier des Königs, Aramis, ist ein Jesuitenpadre, aber Sire, Aramis hat ebenso wie ich den Eid auf König und Krone geschworen. Es ist undenkbar, daß er ...“ „Um so besser, mein lieber D`Artagnan, dann ist er ja genau der Richtige, um in unserem Auftrag jene Verschwörung aufzudecken und dafür zu sorgen, daß alle Beteiligten ihrer gerechten Strafe übereignet werden. Ihr, D`Artagnan, übermittelt Eurem Freund meinen Befehl.“ „Ja, Majestät“, entgegnete D`Artagnan und verließ den König.

Kaum, daß D`Artagnan den Raum verlassen hatte, öffnete sich eine kleine Seitentür, und Christine de Bellefort betrat in Begleitung von Pierre die Gemächer des Königs. Sie verbeugte sich tief und begrüßte ihn mit „Euer Majestät“. „Ah, endlich lerne ich die Frau kennen, die unser Fest heute mit ihrer Schönheit beglückt hat. Liebe Mademoiselle de Bellefort, es ist mir eine große Freude, Euch endlich persönlich kennen zu lernen.“ Galant wies Louis ihr einen Platz auf einem großen, ausladenden Chaiselongue zu, das an der hinteren Wand des Zimmers plaziert war. Er selbst setzte sich in einen ledernen Sessel unmittelbar daneben. „Meine liebe Christine – ich darf Euch doch so nennen – meine liebe Christine, Ihr habt heute mehr als meine Aufmerksamkeit erregt.“ Verschämt blickte Christine auf ihre Hände. Louis lachte. „Das ist gewiß kein Grund, zu erröten, Mademoiselle, wenn der König von Frankreich der schönsten Frau an seinem Hof ein Kompliment macht. Gern würde ich den Abend mit Euch verbringen. Ich

möchte Euch zu einem privaten Soupé bitten. Ihr werdet doch kommen, Mademoiselle?"
„Majestät, ich weiß nicht, was ich sagen soll."
„So nehme ich das einfach als Euer mit Freude geäußertes: Ich komme gerne, Majestät." Louis stand auf, nahm Christines Arm und geleitete sie zur Tür. „Mademoiselle, ich freue mich schon auf unsere nächste Begegnung." Er verabschiedete sich galant und zwei livrierte Diener schlossen hinter Christine die Türen. Kaum, daß Christine einige Schritte gegangen war, blieb sie stehen, ließ die Arme sinken, schloß die Augen und atmete einige Male tief. Sie war sehr verwirrt. Eben noch hatte sich ihr geliebter Raoul von ihr verabschiedet, ein Umstand, der ihr Herz mit großer Traurigkeit erfüllte, und nur kurze Zeit später lud der König von Frankreich sie in seine Privatgemächer ein, um ihr schmeichelnde Komplimente zu machen und sie zu einem intimen Essen einzuladen. Christine wußte nicht, was sie denken sollte. Aber ablehnen konnte sie dennoch nicht, sie fand den jungen, blendend aussehenden König einfach charmant und zauberhaft. Christine beeilte sich, das Schloß zu verlassen, um in das kleine Stadthaus ihrer Mutter zurückzukehren. Dort wollte sie sich auf den großen, ihr bevorstehenden Abend vorbereiten.
D'Artagnan saß alleine in seiner Schreibstube

und schrieb an seinen alten Weggefährten:

Aramis, mein lieber, alter Freund. Gern hätte ich Dir geschrieben aus unserer Verbundenheit oder um der alten Zeiten willen. So aber wende ich mich an Dich in hochoffizieller Mission und im Auftrag unseres Königs, von dem ich Dir eine dringende, persönliche Botschaft und einen Auftrag zu übermitteln habe. Sobald als möglich möchte ich dies mit Dir persönlich besprechen. Ich schlage vor, daß wir uns bei jenen drei Linden an der Straße nach Reims treffen, dem Platz, wo wir schon so manche freudige und traurige Stunde zusammen teilten. Ich werde morgen bei Sonnenaufgang dort auf Dich warten. In Freundschaft. D'Artagnan.

Er versiegelte den Brief und übergab ihn einem Boten des Hofes, der sich damit sofort auf den Weg zur Abtei Saint-Jaques machte. D'Artagnan ließ seinen Kopf müde in seine beiden Hände sinken. Anstelle von Freude, den alten Freund nach vielen Jahren wiederzusehen, beschlich ihn eine große Sorge.

Die Schritte hatten nun vor seiner Tür halt gemacht. Eine Klappe in der Tür wurde geöffnet und er blickte in das ihm wohlbekannte Gesicht des Wärters. „Du hast Besuch, hohen Besuch.

Man schickt Dir einen Beichtvater und einen Arzt. Geh einige Schritte zurück, damit ich sie einlassen kann.“ Er war verblüfft. Schnell machte er eine Rückwärtsbewegung, um die Tür freizugeben. Ein asketischer, schwarz gekleideter Mann mit einem kleinen, eher schmucklosen Hut und ein hünenhafter, nach der neuesten Mode in ocker und braun gekleideter Riese, mit einem großen, breitkrämpigen Hut mit angesteckten Pfauenfedern und einer braunen, ledernen Arzttasche betraten seine karge Zelle. Der Wärter betrachtete sich die bizarre Szene einen Augenblick und sagte dann: „Ich lasse Euch nun alleine, Messieurs, in einer Viertelstunde hole ich Euch hier wieder ab. Wird Euch das genügen?“ „Ja, sicher, mein Sohn“, antwortete ihm der Schwarzgekleidete, „es ist ja, wie das Schreiben des Hofmarschalles schon sagt, ein reiner Routinebesuch.“ Die schwere Tür schloß sich hinter den dreien und sie waren allein. Verwundert betrachtete der Gefangene seine beiden Besucher, die Mühe hatten, sich in der Dunkelheit der Zelle zu orientieren. Sein Augenlicht hingegen war die Dunkelheit gewöhnt und so konnte er ihre Züge genau erkennen. Die beiden Besucher blickten den Gefangenen mit einer Mischung aus Verwunderung und Entsetzen an. Er war eine hagere Gestalt, eingehüllt in schmutzige Lumpen, die früher einmal, vor Jahren vielleicht, noch als Kleidung hätten bezeichnet werden können. Was man von seinen Armen und Beinen erkennen konnte, war von Schmutz und Schorf bedeckt. Seine Finger- und Zehennägel waren einige Zentimeter lang gewachsen und hatten sich schon, alten Vögeln ähnlich, um sich selbst gerollt. Was aber dieser grotesken und ärmlichen Gestalt den Schrecken verlieh war sein Kopf. Er war umschlossen von einer eisernen Maske.

Christine betrat eilig das kleine Stadthaus ihrer Familie. Dort lebte sie, seit ihre Mutter, Jaqueline de Bellefort, so schwer erkrankt war, gemeinsam mit ihrer ebenfalls kränkelnden Schwester. Das Vermögen des Vaters war weitgehend aufgezehrt, die Krankheit der Mutter und die Honorare der Ärzte hatten das ihre dazu beigetragen. Daher hatte die Mutter vor einigen Monaten beschlossen, daß die letzte Hoffnung der Belleforts eine gute und reiche Partie aus dem Umfeld des Hofes sein würde. Christine war eine gute Tochter und konnte das Ansinnen ihrer Mutter wohl verstehen und obschon sie sich der Situation ihrer Familie bewußt war, hatte sie mit Raoul de Bragelonne eine Wahl nach ihrem Herzen getroffen und nicht nach finanziellen Erwägungen. Christine verschwand schnell in ihrer kleinen Stube, um die Wahl ihrer Garderobe zu treffen für ein Abendessen mit Frankreichs König. Sie entschied sich für ein dunkelblaues, eher schlichtes Kleid, und während Christines Zofe begann, die Haare vorzubereiten, malte Christine sich die kommenden Stunden aus. Sie versuchte, nicht an Raoul zu denken, und dennoch plagte sie ihr Gewissen. Aber eine Einladung des Königs konnte niemand ablehnen.

Porthos und Aramis verließen die Bastille. Die beiden alten Freunde schwiegen. So gingen sie eine Zeitlang nebeneinander her, bis Porthos schließlich das Schweigen brach. „Mein Freund“, sagte er mit dunkler Stimme, „ich habe in meinem langen Leben viele Grausamkeiten und viel Unrecht gesehen. Aber was wir eben erlebt haben, ist schlimmer als ein Alptraum.“ Aramis blickte seinen Freund ernst an. „Wir werden ihn befreien. Und dann werden wir ihn auf dem Lande verstecken, bis er wieder bei Kräften ist.“ „Hast Du schon einen Plan?“, fragte Porthos. „Noch nicht, denn eigentlich hatte ich mit Athos Hilfe gerechnet. Aber nun sind wir nur zu zweit. Und bedenke, mein Freund, für das, was wir hier tun, wartet auf uns, wenn des Königs Häscher uns fassen, als Lohn nur der Henker.“ „Mein Freund“, erwiderte Porthos, „soll ich als alter Mann in meinem Bett sterben, das naß ist von meiner eigenen Pisse, oder lieber für eine edle Sache und für die Gerechtigkeit mein Leben geben. Was glaubst Du, werde ich tun?" Die beiden Freunde hatten ihre Pferde erreicht. Sie blickten sich in die Augen. „Ich werde alles für seine Freiheit geben, auch mein Leben", sagte Porthos, „und ich danke Dir dafür, daß Du mich an dieser Mission teilhaben läßt." „Wir treffen uns morgen zur Mittagszeit in der Schankstube La Rondelle. Bis dahin hoffe ich, einen Plan zu haben. Ich selbst reite jetzt zurück zur Abtei." Die beiden bestiegen ihre Pferde, Porthos wandte sich zu seinem Freund und rief: „Mit Gott und für Frankreich." „Mit Gott und für Frankreich", antwortete Aramis und die Pferde stoben in verschiedene Richtungen davon.

Eine schwarze Kutsche, gezogen von vier Rappen, hielt vor Christines Haus. Die Türen der Kutsche wurden geöffnet und mit kleinen, unsicheren Schritten ging Christine auf die Kutsche zu. Der Kutschmeister lächelte sie freundlich an und hielt den Schlag für sie auf. Das freundliche Lächeln beruhigte sie ein wenig, und so stieg sie ein und nahm auf bequem gepolsterten Sitzen Platz. Sie war nicht alleine. Ihr gegenüber saß der König und lächelte sie an. „Wie wunderschön Ihr seid, Mademoiselle de Bellefort." „Majestät, Ihr beschämt mich." „Wie kann man eine Perle beschämen, Christine, die einfach nur unverhüllt ihre Schönheit zeigt, ob im strahlenden Licht des Tages oder im purpurnen Glanz der sinkenden Sonne. „Majestät, Ihr seid ein Poet", schwärmte Christine, während die Kutsche holprig ihren Weg über die staubigen Straßen suchte. Louis XIV. lehnte sich bequem zurück. „Poesie, meine Liebe, ist ein Kind der Leidenschaft. Und Leidenschaft brennt in meinem Herzen. Leidenschaft für alles Schöne und Leidenschaft für Euch, Mademoiselle." Christine lächelte und schwieg. Versonnen sah sie Ihr Gegenüber an. Sie dachte an ihre Mutter, stellte sich romantische Stunden mit diesem schönen, jungen Mann vor und versuchte dabei, nicht daran zu denken, daß dieser Mann auch der König von Frankreich war, und vor allem versuchte sie, nicht an Raoul zu denken. Sie schwiegen, bis die Kutsche sie an ihr Ziel gebracht hatte, einen abgelegenen Eichenhain angrenzend an die Gärten der Tuilerien, dort, wo sie noch am Mittag des gleichen Tages Raoul ihre Liebe geschworen hatte. Die beiden verließen die Kutsche, und Christine nahm die Szenerie um sich herum wahr. Der ganze Hain war durch hunderte von Kerzen erleuchtet. In der Mitte des Hains stand ein prachtvoll gedeckter Tisch und zwei vis à vis aufgestellte Stühle. Christine nahm Platz. Der König setzte sich ihr gegenüber. Noch nie zuvor hatte sie ein solch prunkvoll dekoriertes

Dinné gesehen und eigentlich bedauerte sie es, viel zu aufgeregt zu sein, um auch nur ein wenig davon kosten zu können. Sie ließ ihren Blick in die Umgebung schweifen und sah ein kleines Gebäude, das den Eichenhain nach seiner nördlichen Seite abschloß. Louis bemerkte ihren Blick und sagte: „Ah, Ihr schaut gerade auf einen meiner Lieblingsplätze. Dort verbringe ich im Sommer häufig die Nacht. Denn, glaubt mir, meine liebe Christine, nirgendwo in ganz Paris erlebt Ihr einen schöneren Sonnenaufgang, als dort in dieser ehemaligen Kapelle. Ich habe sie mir sehr komfortabel einrichten lassen." Charmant plauderte der König mit Christine weiter und mit der Zeit verlor sie ihre Scheu vor dem Herrscher von Frankreich. Sie begann, in ihm immer mehr und mehr den jungen, charmanten Mann zu sehen, der ihr galant den Hof machte. Dann kam der König auf Raoul zu sprechen. „Christine, ich sah Euch heute Mittag beim Gartenfest mit einem jungen Mann zusammen." „Ja, Majestät", antwortete sie, „es war Raoul Vicomte de Bragelonne, mein Verlobter." „Oh!" Louis reagierte mit einer gespielten Mischung aus Überraschung und Enttäuschung. „Ihr seid verlobt?" „Ja, Majestät, noch ist es nicht offiziell, aber wenn Raoul das nächste Mal Heimaturlaub von der Armee bekommt, werden wir unsere Liebe vor aller Welt Augen bezeugen."

„Christine, wenn ich Euch über Euren Geliebten sprechen höre, erfreut es mein Herz, wie es auch gleichzeitig traurig wird. Der junge Soldat kann sich glücklich schätzen, Eure Liebe gewonnen zu haben.“ Christine faßte Mut. „Majestät, wenn ich Euch um etwas bitten dürfte.“ „Aber sicher, meine Liebe. Bittet mich um alles, was der König von Frankreich vermag.“ „Majestät, ich bitte euch, Eurem kommandierenden Générale einen Befehl zu übermitteln, den Befehl, Raoul nicht in den vordersten Linien einzusetzen.“ „Meine Liebe, Könige müssen gerecht sein. Wenn unzählige von Frankreichs Besten in diesem Krieg ihr Leben für die Krone geben, soll ich das Leben von Raoul de Bragelonne nur deshalb schonen, weil Ihr mich darum bittet?“ Christine schwieg. Der König sah sie an und lachte laut los. „Ja natürlich, meine Liebe, das soll ich nicht nur, das muß ich auch. Denn nichts fände ich schlimmer und grausamer, als Euch in der Tracht einer jungen Witwe zu sehen, noch bevor Ihr verheiratet wäret. Gleich morgen will ich eine Depesche an die Front schicken.“ „Majestät, ich danke Euch.“ Der König erhob sich und Christine mit ihm. „Aber, meine Liebe, für diesen großen Gefallen dürft auch Ihr mir eine kleine Bitte nicht abschlagen.“ „Aber natürlich, Euer Majestät. Was ist es?“

Louis kam näher, so nah, daß sie seinen Atem an ihrer Wange spürte. Sie sah, wie die Ader in seinem Hals pulsierte, als er ihr tief in die Augen blickte. „Versprich es mir!“, sagte er, „versprich mir, daß Du es tun wirst, gleich, worum ich Dich bitte.“ Christine war wie gebannt von seiner leidenschaftlichen Ausstrahlung und hauchte: „Ja, Sire.“ „Küß mich, Christine.“ Er öffnete leicht seinen Mund, seine Arme umschlangen ihren Körper und seine Lippen berührten die ihren. Sie spürte seine feuchte, bebende Leidenschaft, der sie nicht widerstehen konnte. Er küßte sie lange und voller Inbrunst. Dann löste Louis die zärtliche Umarmung und sagte: „Christine, mon amour, Euch zu Küssen ist Königreiche wert.“ Christine atmete heftig, sie war zu erregt, um zu antworten. Mit einer behenden Bewegung stellte Louis sich hinter sie, umarmte sie und flüsterte ihr zu: „Wir werden uns wiedersehen, nicht wahr, Christine?“ Wie betäubt antwortete sie: „Ja, Sire“. „Nun, meine Liebe“, sagte Louis und nahm ein wenig Abstand von ihr, „dann glaube ich, sollten wir beide jetzt zu Bett gehen.“ Christine erschrak. Louis bemerkte es und lachte. „Nein, nein, ma chère, ich meinte natürlich jeder in das seine. Hector wird Dich nach Hause bringen.“ Der König nahm ihre Hand, sie spürte den leichten Hauch eines Kusses. Louis lächelte sie an und sagte „Adieu“.

Er wandte sich ab und ging. Wie aus dem Nichts stand der Kutscher neben ihr und sagte: „Mademoiselle ...“. Sein Arm wies zu der Kutsche, und auf dem Weg zu dem Gefährt überlegte Christine nur, wie oft der König von Frankreich wohl so oder auf ähnliche Weise jungen Mädchen den Kopf verdreht hatte. Sie nahm in der Kutsche Platz und das Gespann ruckelte los. Auf dem Sitz ihr gegenüber lag ein Brief, adressiert an Christine de Bellefort, verschlossen mit dem Siegel des Königs. Sie nahm ihn an sich und steckte ihn in ihre kleine Tasche neben sich. Christine lehnte sich zurück und schloß die Augen. Sie ließ die letzten Stunden noch einmal in ihrer Erinnerung Revue passieren und versuchte dabei, ihre immer wieder aufkeimende Aufregung zu beruhigen.

Porthos brauchte Abwechslung. Die zurückliegenden Geschehnisse des heutigen Tages hatten ihn mitgenommen. Er suchte Zerstreuung. Auf dem Weg zu einem ihm wohlbekannten Haus mit weniger gut beleumdeten Damen, zu dem er sich zu Fuß begab, sah er plötzlich, daß ihm drei junge Männer folgten. Sie waren offensichtlich angetrunken, so wie er selbst, und es schien ihm, als suchten sie Streit. In den vielen Jahren, in denen er sich auf den Straßen von Paris und auf den Schlachtfeldern der großen Kriege geschlagen hatte, war in ihm ein untrügerisches Gespür für den Streit erwacht und für denjenigen, der ihn sucht. Porthos Charakter war so, daß er sich nicht nur über jeden freute, der den Streit suchte, sondern die Freude noch dadurch wuchs, wenn es nicht nur einer, sondern gleich mehrere waren, die eine Auseinandersetzung anstrebten. Und am besten mit ihm. „Seht nur, wie er wankt“, rief der eine der drei Verfolger. Abrupt blieb Porthos stehen und wandte sich um. „Meint Ihr mich, Monsieur?“ Die drei Gestalten blieben etwa sechs Meter von ihm entfernt in einer Reihe stehen. Sie befanden sich in einer düsteren Gasse und nur das fahle Licht einiger Funzeln aus den umstehenden Gebäuden beleuchtete die Szenerie. „Schaut ihn Euch an. Ist er nicht mutig, unser buntgekleideter Geck?“, rief der mittlere der drei Burschen belustigt seinen beiden Kumpanen zu. Porthos taxierte die drei. Sie waren alle Mitte Zwanzig, der größte von ihnen, der in der Mitte stand, hatte offensichtlich mehr oder weniger das Sagen. Der kleinste der drei, der die Reihe auf der linken Seite säumte, trug, so schien es, eine Narbe an seiner Wange, die darauf hindeutete, daß er wenigstens nicht ganz unerfahren im Führen von Gefechten war. Diesen sprach Porthos an. „Ihr da, habt Ihr Euch Eure Narben bei einer Katze geholt, beim Liebesspiel oder beim Davonlaufen in der

Schlacht?", rief Porthos ihm provozierend zu. Der so Angesprochene zog, ohne eine Antwort zu geben, seinen Degen, stieß einen lauten, brummenden Schrei aus und lief auf Porthos zu. Auch Porthos zog blitzschnell seinen Degen und hielt ihn sich waagerecht vor sein Gesicht. In dem Augenblick, als der kleine, narbengesichtige Angreifer ihn zu treffen versuchte, wich Porthos mit einer raschen Bewegung, die man diesem Hünen bei seinem Leibesumfang in dieser Geschwindigkeit gar nicht zugetraut hätte, zur Seite aus und hieb dem heranstürmenden Angreifer den Knauf seines Degens mit aller Wucht ins Gesicht. Der Angreifer fiel mit einem Gurgeln rücklings zu Boden und blieb dort für einen Augenblick benommen liegen. Nun schickten sich die beiden anderen an, auf Porthos zuzustürmen. Porthos brüllte: „Engarde, Messieurs!" und stürzte ihnen entgegen. Er bohrte dem ersten seinen Degen mit solcher Wucht durch das Schultergelenk des rechten Arms, daß die Klinge auf der Rückseite des Mannes etwa dreißig Zentimeter lang wieder zum Vorschein kam. Das Blut des so Getroffenen spritzte seinem hinter ihm stehenden Freund auf Umhang, Weste und ins Gesicht. Während der Getroffene laut schreiend an Porthos Degen fest hing und dieser ihn mit Leichtigkeit an demselben hochhielt, entwand er dem Verletzten seinen Degen und bohrte diesen dem dritten Angreifer mitten in den Leib. Dieser fiel mit einem leichten Gurgeln nach vorn und blieb dort regungslos liegen. Porthos ließ den zweiten Angreifer fallen, zog seinen Degen aus diesem und wischte ihn am Umhang des Liegenden ab. Inzwischen hatte der erste Angreifer sich von Porthos wuchtigem Schlag einigermaßen erholt und begann taumelnd aufzustehen. Porthos wandte sich um und sagte: „Habt Ihr noch nicht genug, Monsieur?“ Der so Angesprochene versuchte zu antworten, doch fielen ihm bei diesem Versuch einige Zähne aus dem Mund, die Porthos ihm offensichtlich ausgeschlagen hatte, und statt einer Antwort quoll nur ein Schwall Blut aus dem Mund des Mannes, der auf die staubige Erde fiel und dort sogleich versickerte. Porthos lachte und rief: “Wenn Ihr nach dem heutigen Abend gefragt werdet, Messieurs, Ihr hattet das Vergnügen mit Porthos, Musketier des Königs.“ Porthos steckte seine Klinge in die Scheide zurück, wandte sich um und setzte seinen Weg fort. Die drei jämmerlichen Gestalten hinter sich würdigte er keines Blickes mehr. Porthos kehrte für diese Nacht in einem der Häuser ein, das die bessere Gesellschaft von Paris normalerweise nicht aufsuchte und er war dankbar, daß dieser Abend ihm schon jetzt einen, wie er es sah, Ausgleich für die Mühen des Tages geboten hatte.

Aramis war in seiner Abtei angekommen. In seiner spartanisch eingerichteten Klause zündete er eine Kerze an, hing seinen Mantel an einen Haken und setzte sich. Auf dem schmucklosen Tisch vor ihm lag eine Depesche. Er öffnete sie und las ruhig die Zeilen. Nachdem der den Inhalt kannte, ließ er seine Hand mit dem Brief darin niedersinken und blickte durch den Schein der Kerze hindurch ins Nichts. Morgen würde er also einen alten Freund wiedersehen. Eigentlich ein Grund, sich zu freuen. Und dennoch wußte Aramis, daß dieses Wiedersehen nicht unter glücklichen Vorzeichen stand.

Liebesgesang

Christine war zu Hause angekommen. Mutter und Schwester schliefen schon, ihre Zofe ebenso. Leise schlich sich Christine in ihr Zimmer. Dort zündete sie eine Kerze an, entkleidete sich bis auf einen zart-seidenen, durchsichtigen Unterrock, der die ganze Schönheit ihres wohlgeformten Körpers erkennen ließ. Sie setzte sich auf ihr Bett. Aus ihrer Tasche nahm sie den Brief, den sie in der Kutsche gefunden hatte. Das Papier war leicht parfümiert und gab ihr schon durch seinen Duft eine Erinnerung an den Verfasser. Sie öffnete den Brief, faltete ihn vorsichtig auseinander und las:

Heller als der Mond in tief-dunkler Nacht
strahlt Deine Schönheit
lieblicher als der Gesang der Nachtigall
ist mir der Klang Deiner Stimme
Wie die Macht des Sturmes fühlen will ich
Deinen Atem auf meiner Haut
Wie der unschuldige Tau des Morgens
sind Deine Tränen
In Deiner Nähe spüre ich die Liebe
Louis

Sie konnte nicht glauben, was sie da las. Sie hielt eine Liebeserklärung aus der Feder des Königs von Frankreich in Händen. Christine spürte, wie die Worte Louis' ihr Herz berührten. Und doch fühlte sie auch ihre Liebe zu Raoul. Sie löschte das Licht und schlief mit den zwiespältigen Gefühlen in ihrem Herzen ein.

Gedränge herrschte auf den schmalen Pfaden im Feldlager des Königs. Der anbrechende Morgen trieb die Ruhe der Nacht aus den Zelten der Soldaten. Bunte Wimpel und Wappen säumten allüberall die Dächer der großen, weitläufigen Mannschaftsunterkünfte, die zum Teil für bis zu hundert Mann ausgelegt waren, ebenso wie die kleineren, aber um so komfortableren Offizierszelte. Auf den Wiesen neben den Zelten sah man, wie die ersten Soldaten sich wuschen. Nebenan kampierte der Troß, der großen Armeen stets zu folgen pflegt. Dort erwachten auch die Marketenderinnen, die mitreisenden Glücksritter, die Halsabschneider und Galgenstricke, die Gaukler und die fliegenden Händler. Zwischen all diesen Gestalten hindurch ritt Raoul, von seinem Galopp durch die Nacht zu Tode erschöpft. An der östlichen Spitze der kleinen Zeltstadt erblickte er das Quartier seines Obersten, bei dem er sich, seinem Befehl gemäß, zu melden hatte. An seinem Ziel angekommen gab er einem wache stehenden Gemeinen vor dem Zelt des Obersten die Zügel seines Pferdes in die

Hand und betrat das Zelt. Er begrüßte seinen Vorgesetzten mit „Bonjour, mon Colonel“ und salutierte. Der Colonel, ein freundlicher, älterer Herr, dessen faltenreiches Gesicht viel von erlebten Schlachten und Leid erzählte, aber auch viel von persönlichem Kummer, sah Raoul überrascht an. „Leutenant de Bragelonne, Ihr habt doch Heimaturlaub.“ „Ja, mon Colonel, aber laut eines Befehls von Générale Colbert habe ich mich hier bei Euch einzufinden. Außerdem habe ich auch eine eilige Depesche für Euch, mon Colonel.“ Raoul knöpfte sein blaues Wams auf und es kam eine lederne Hülle zum Vorschein, der Raoul einen versiegelten Brief entnahm und dem Colonel übergab. Der öffnete die Depesche, las den Inhalt und seine Miene verfinsterte sich. Traurig blickte er Raoul an und sagte: „Junger Freund, Ihr müßt sehr müde sein. Gönnt Euch einige Stunden Ruhe. Ich habe dann neue Befehle für Euch. Finden Sie sich um die Mittagsstunde wieder hier ein.“ Raoul salutierte und antwortete: „Jawohl, mon Colonel“. Dann verließ er das Zelt. Der alte Soldat nahm die Depesche erneut und las dort:

Colonel de Fabrie, Ihr erhaltet diesen Befehl aus den Händen des Leutenant Raoul de Bragelonne. Sorgt augenblicklich dafür, daß dieser Leutenant mit dem nächsten Vorhutschiff nach England gebracht wird, um dort in den vordersten Linien Frankreich und der Krone Ehre zu machen. Dies ist der ausdrückliche und persönliche Wunsch seiner Majestät. Gezeichnet Armand de Colbert, Générale seiner Majestät Louis XIV.

„ Armer Athos“, murmelte der Colonel und wandte sich dann wieder seinem Tagesgeschäft zu.

Tau benetzte das feuchte Gras der Wiesen am Seine-Ufer an der Straße nach Reims. Fern am Firmament erhob sich mit einem ersten, noch matten Strahl die Sonne und grüßte den jungen Tag. Ein Schäfer führte seine Herde auf die Auen vor Frankreichs Hauptstadt. Versonnen beobachtete er eine malerische Szene. Aus zwei verschiedenen Richtungen strebten zwei Reiter einem Ziel zu – einem Hain an der Waldeslichtung, begrenzt durch drei uralte Linden. Er beobachtete, wie beide Reiter ihre Pferde zügelten, abstiegen, sich kurz anschauten und sich dann im Ausdruck ihrer überschwenglichen Gefühle in die Arme fielen. Der alte Schäfer lächelte und zog mit seiner Herde weiter. Die beiden Männer hatten sich unterdessen aus ihrer Umarmung gelöst und blickten sich eine Weile wortlos an. Schließlich brach einer von beiden sein Schweigen. „Die Zeit ist an uns beiden nicht spurlos vorbei gegangen, D`Artagnan.“ „Das ist wahr, mein Freund. Und sie hat die Geschichte unseres Lebens in verschiedene Richtungen weitergeschrieben." „Auch das ist leider nur allzu wahr", entgegnet Aramis. „Und heute, mein Freund, stehe ich vor Dir als Botschafter unseres Königs, wie ich es Dir geschrieben habe." „Und was will nun der große Herrscher Frankreichs von einem kleinen Diener Gottes?" fragte Aramis und sah D'Artagnan dabei provozierend an. „Nun, mein Freund, ich weiß, daß Du nicht in klösterlicher Abgeschiedenheit lebst. Und so kann es Dir nicht entgangen sein, daß die Menschen unzufrieden sind und rebellieren – rebellieren gegen die Krone." „Zurecht!" warf Aramis ein. „Zurecht?" D'Artagnans Stimme wurde deutlich lauter. „Rebellion und Auflehnung gegen die Krone sind Hochverrat." „Verzeih", entgegnete Aramis mit milder Stimme, „ich vergaß, daß Frankreichs Bürger in Dankbarkeit und Demut zu verhungern haben." „Aramis", der Ton in D'Artagnans Stimme wurde schärfer, „weder bin ich hier, um mit Dir ein spöttisches Streitgespräch zu führen, noch um unsere gegensätzlichen Meinungen auszutauschen. Ich bin hier, um Dir einen Befehl des Königs zu übermitteln. Wie wir wissen, wird die Rebellion aus kirchlichen Kreisen geschürt. Aus den Kreisen der Jesuiten, wie wir annehmen. Deine Glaubensbrüder haben sich einen General erkoren. Dein Auftrag, Aramis, ist es, diesen Aufrührer ausfindig zu machen und ihn den Gerichten Seiner Majestät auszuliefern, damit er dort seine gerechte Strafe erfahren kann." „Gerechtigkeit, mein Freund", entgegnete Aramis, „finden selbst Könige nur vor ihrem Schöpfer." Aramis sah seinem Freund und langjährigen Kampfgefährten tief in die Augen. „Ich weiß um Deine unerschütterliche Treue zu Deinem König, aber was nährt diese Treue? Was ist die Basis Deiner Liebe zu diesem König, dessen Name in der Geschichte gewiß nicht „Der Gerechte" sein wird. Was, mein Freund, ist es?" D'Artagnan schwieg einen Moment. Dann antwortete er leise: „Ich habe einen Eid geschworen, auf den König und auf den Sohn des Königs. Und nun diene ich dem Sohn so wie ich seinem Vater bis zu dessen Tod gedient habe." „Auch ich habe diesen Eid geschworen, wie Du weißt, mein Freund, und ich schwöre Dir, daß auch ich ihn erfüllen werde." D'Artagnan war erleichtert. „So sind wir uns einig?" „Ja, das sind wir", antwortete Aramis, „wenn auch anders, als Du es jetzt glaubst." Diese Antwort verwirrte D'Artagnan, aber er wollte nicht weiter mit seinem Freund streiten. „Ich höre von Dir", sagte er und streckte seinem Freund die Hand hin. „Das verspreche ich Dir", antwortete Aramis und schlug in die ausgestreckte Hand seines Freundes ein. Ohne ein weiteres Wort zu wechseln, bestiegen die beiden Männer ihre Pferde und ritten in die Richtungen davon, aus denen sie gekommen waren. Aramis bewegte sein Pferd langsam am Ufer der Seine entlang. Er blickte einigen Fischen nach, die den jungen Tag mit freudigen Sprüngen begrüßten und dachte noch über die Begegnung mit seinem Freund nach, als ein Pistolenschuß die jungfräuliche Stille des anbrechenden Tages störte. Blitzschnell wandte er sich in die Richtung des Schusses um. Es war die Richtung, in der sein Freund D'Artagnan vor wenigen Minuten geritten war. Aramis gab seinem Pferd die Sporen, und in rasendem Galopp fegte er wie ein schwarzer Engel auf seinem Schimmel über die Lichtung an den drei Linden vorbei durch einen kleinen Tannenhain auf die Straße nach Reims. Dort sah er in wenigen hundert Metern Entfernung, wie sein Freund von vier Männern bedrängt wurde. Zwei zu Fuß und zwei zu Pferde. Einen fünften hatte D'Artagnan offensichtlich mit einem Schuß niedergestreckt, er lag regungslos am Wegesrand. Es galt, keine Zeit zu verlieren. Während D'Artagnan mit den beiden Männer zu Pferde focht, versuchten die beiden zu Fuß, ihn aus dem Sattel zu reißen, was ihnen nur deshalb nicht gelang, weil D'Artagnan immer wieder geschickt sein Pferd nach rechts und links bewegte und die beiden ausweichen mußten, um nicht von einem Huftritt getroffen zu werden. „Wegelagerer“, entfuhr es Aramis. Und so zog er weiterhin in rasendem Galopp seinen Degen und schrie: „Elende Banditen!“ Für einen Augenblick ließen die Männer der Verstärkung gewahr werdend von D‘Artagnan ab und formierten sich neu. Einer der Berittenen versuchte, Aramis den Weg abzuschneiden. Die beiden Männer stürmten aufeinander zu wie Ritter in einem mittelalterlichen Turnierkampf. Als sie aufeinander trafen, duckte sich Aramis geschickt und schnitt mit einer leichten, fast anmutigen Bewegung seinem Gegenüber die Kehle durch. Ohne seinen Ritt zu bremsen, stob er weiter in Richtung der anderen drei Angreifer. Die beiden Verbrecher zu Fuß, die das Ende ihres Kumpan gesehen hatten, gaben entsetzt Fersengeld und verschwanden eilig in dem Tannenhain. Derweil focht D‘Artagnan mit dem übriggebliebenen Reiter auf Leben und Tod. Beim Näherkommen sah Aramis, daß sein Freund aus einer klaffenden Wunde am linken Arm blutete, an dieser Stelle war auch sein Hemd zerrissen. Trotz dieser Verletzung gelang es D‘Artagnan, den Angreifer immer mehr in Bedrängnis zu bringen, bis er schließlich die Spitze seines Degens direkt ins Herz seines Kontrahenten bohren konnte. Dieser fiel von seinem Pferd und blieb regungslos am Boden liegen. Das reiterlose Pferd suchte derweil ängstlich das Weite. Aramis zügelte seinen Schimmel neben dem schwer atmenden D'Artagnan. „Bist Du schwer verletzt, mein Freund", fragte er. „Nein, nein", entgegnete D'Artagnan, „ es ist nicht viel. Aber ohne Deine Hilfe ..." D'Artagnan steckte seinen Degen in die Scheide. „Ohne Deine Hilfe wäre ich jetzt wohl nicht mehr am Leben. Sie kamen ganz unvermittelt. Dort aus dem Tannenhain." „Ja, mein Freund", erwiderte Aramis, „aber jetzt schau sie Dir an. Sieh Dir diesen Leichnam hier an. Sieht so ein gewöhnlicher Wegelagerer aus? Nein, mein Freund. Dieser Mann hier war vor seiner kurzen Karriere als Räuber vielleicht Schreiber oder Handwerksmeister. Was treibt ihn wohl im Morgengrauen dazu, auf der Straße Reisende zu überfallen?" D'Artagnan schwieg. „Es ist der Hunger, mein Freund", sagte Aramis beschwörend. „Die Armut und der Hunger, die von der Pest des Krieges heraufbeschworen werden. Sag das Deinem König, wenn Ihr das nächste Mal über die Rebellion sprecht. Wirst Du alleine bis Paris kommen?" „Ja, natürlich", entgegnete D'Artagnan, „es ist wirklich nur eine Kleinigkeit. Mein Freund, ich danke Dir. Leb wohl." „Lebe auch Du wohl, D'Artagnan, und achte auf Dich. Achte besonders auf Dein Seelenheil." Die beiden Freunde gaben sich erneut die Hand und trennten sich ein zweites Mal am heutigen

Die Königinmutter trägt Trauer.

Philippe genießt seine Freiheit...

...und die erste Nacht in angenehmer Umgebung.

Athos weist Philippe in die hohe Kunst des Fechtens ein.

Er gibt ihm Selbstbewußtsein und
macht ihm Mut.

Athos und Philippe bei Tisch.

Philippe lernt höfische Sitten.

Athos liebt Philippe wie seinen Sohn.

Louis erlebt auf dem Maskenball
eine Überraschung.

Er wird sich der Gefahr bewußt.

Maskenball in Versailles.

Rollenwechsel.

Morgen. Das Schicksal würde sie bald wieder zusammenführen.

Als Raoul erwachte, stand die Sonne im Zenit. Er war nicht wirklich ausgeschlafen, aber er fühlte sich doch frischer als am Morgen. Raoul kleidete sich an, nahm schnell eine leichte Stärkung zu sich und begab sich, wie befohlen, wieder zum Zelt des Colonel de Fabrie. Dieser hatte unangenehme Neuigkeiten für ihn. „Mein lieber Raoul." Der so Angesprochene stutzte. Noch nie hatte ihn der Colonel in väterlichem Ton angesprochen. „Mein lieber Raoul, ich habe einen schweren Auftrag für Euch. Wie Ihr wißt, haben wir ein erstes Regiment an Englands Küste geschickt. Die Soldaten sind in der gestrigen Nacht dort auch angelandet und gewiß schon in schwere Gefechte verstrickt. Wir brauchen jetzt fähige, junge Offiziere wie Euch, um die Moral der Mannschaften zu erhalten und unsere Stellungen so weit wie möglich auszubauen. Ihr werdet mit fünf weiteren Offizieren unseres Regiments und zweihundert Mann an Gemeinen noch heute nachmittag nach England segeln." „Jawohl, Colonel", entgegnete Raoul. „Ach, und noch etwas, mein junger Leutenant, wenn Ihr Euren Lieben zu Hause, Eurem Vater oder einer jungen Geliebten vielleicht, die Ihr sicherlich habt, eine Nachricht zukommen lassen wollt, dann schreibt sie jetzt gleich nieder und übergebt sie meinem Adjudanten. Ich werde persönlich dafür sorgen, daß sie mit einem Kurierreiter noch heute nach Paris befördert wird.“ Der alte Offizier reichte Raoul seine Hand. „Und nun alles Gute, Monsieur. Und achtet auf Euch. Das seid Ihr schon Eurem Vater schuldig.“ Raoul blickte ihn erstaunt an. „Ihr kennt meinen Vater?“ „Schon lange, Monsieur. Wir dienten vor vielen Jahren gemeinsam in der Musketiergarde des Königs. Ich wünsche Euch eine gesunde Heimkehr. Adieu.“ Die beiden Soldaten salutierten, und Raoul verließ das Zelt seines Vorgesetzten. Er nahm an einem Tisch im Zelt des Adjudanten Platz und bat um Papier und Feder. Schreiben wollte er, aber nicht an seinen Vater, sondern an Christine. Jedoch wollte er nicht, daß sie sich sorgt, darum schrieb er nur einige liebevolle Zeilen nieder, verschloß den Brief und übergab ihn dem Adjudanten von Colonel de Fabrie. Danach begab er sich auf die Reise nach England.

Athos hatte die wenigen Zeilen soeben gelesen, die ihm der Bote von Mademoiselle Christine de Bellefort überbracht hatte, und er machte sich gehörig Sorgen. Eine so schnelle, ja überstürzte Abreise? Athos griff zu Papier und Feder und schrieb einem alten Freund, von dem er wußte, daß auch er sich auf dem Feldzug des Königs gegen England befand. Er würde ihn bitten, seinen geliebten und einzigen Sohn unter seinen ganz persönlichen Schutz zu stellen und ihn, den kriegsunerfahrenen jungen Mann nicht in die vordersten Linien zu schicken. In der Hoffnung, daß sein Sohn niemals von dieser Bitte erfahren würde, weil er sie gewiß als Schande empfände, versiegelte Athos den Brief und schickte ihn mit einem Boten ins Feldlager des Königs. Adressiert war er an Colonel de Fabrie.

Der Gefangene wußte nicht, wie lange er geschlafen hatte. Schon seit geraumer Zeit hatte er jeden Bezug zur Zeit verloren. Nie wußte er, ob Tag oder Nacht war. Er konnte sich auch nicht am täglichen Ablauf der anderen Gefangenen orientieren. Er war abgeschnitten von jedem menschlichen Kontakt. Nur zu seinem Wärter, der ihm täglich seine Nahrung brachte und der ab und an auch ein persönliches Wort für ihn übrig hatte, war über die vielen Jahre so etwas wie eine kleine persönliche Beziehung gewachsen. Heute hatte er sehr schlecht geschlafen. Der Besuch der beiden Fremden hatte ihn aufgewühlt. Ihm ging nicht mehr aus dem Kopf, was sie ihm gesagt hatten. Daß sie ihn befreien wollten, daß er endlich wieder das Licht sehen würde, den Gesang der Vögel hören, den Geschmack klaren Wassers schmecken und den Duft der

Felder einatmen könnte. Er fing an zu weinen. Was hatten sie ihm gesagt? Immer wieder gingen ihm die Worte durch den Kopf. Binnen einer Woche werden wir Dich befreien. Endlich, nach so vielen Jahren würde er sie ablegen können, jene grausame Maske, die seinen Kopf mit ihrer eisernen Klammer umschloss. Tag für Tag mußte er gegen den Wahnsinn kämpfen und gegen die unendliche Qual, niemals sein eigenes Gesicht anfassen zu können. Er stand auf, stellte sich vor die Wand seiner Zelle und schlug fest und rhythmisch mit seinem eisernen Haupt dagegen. „Ich will frei sein", schrie er. Zum ersten Mal seit langer Zeit spürte er wieder so etwas wie Stärke in seinem Herzen. Er wollte nicht mehr sterben. Er wollte die Freiheit. Er hatte nur diesen Gedanken. Der Wärter öffnete die Klappe und blickte besorgt ins Innere der Zelle. „Ist etwas nicht in Ordnung mit Dir?", fragte er besorgt. Fieberhaft versuchte er sich zu erinnern, was die beiden Fremden ihm eingebleut hatten. Nicht auffallen, keine Veränderungen. „Nein, alles in Ordnung", tönte es blechern aus seiner eisernen Umklammerung. „Dann ist es ja gut", entgegnete der Wärter und schloß die Klappe zur Zelle wieder. Unter seiner Maske grinste der Gefangene.

D'Artagnan war wieder im Schloß eingetroffen.

Er gab sein Pferd bei den Ställen ab und begab sich zum Wundarzt, um seine Verletzung versorgen zu lassen. In Windeseile sprach es sich am Hof herum, daß der Marschall der Musketiere verletzt zurückgekehrt war. Als der Arzt eben sein Handwerk beendet hatte, öffnete sich die Tür zum Behandlungsraum und eine Frau trat ein. Sie sagte zum Arzt: „Laßt uns bitte alleine, Monsieur." Dieser antwortete: „Jawohl, königliche Hoheit" und verließ das Zimmer. Nun waren Königin Mutter Anne und D'Artagnan alleine. „Liebster, ich hörte, Du seist verletzt. Ich war so in Sorge." D'Artagnan blickte in ihr Gesicht, das sich tief zu ihm herabbeugte. Er richtete sich auf und antwortete: „Nur ein kleines Scharmützel mit ein paar Banditen. Nichts ernstes, meine Liebe." Sie hielten einander einige Minuten schweigend die Hände, dann sagte Anne: „Er will Dich sehen." „Ich gehe gleich zu ihm." D'Artagnan erhob sich, warf mit dem unverletzten Arm seinen Mantel um und küßte Anne galant die Hand. Dann sah er sie an und sagte: „Danke für Deine Sorge. Adieu, meine Liebe." Er verließ den Raum und begab sich in die Gemächer des Königs. Dieser erwartete ihn bereits voller Aufregung. „Wie ich hörte, seid Ihr verletzt, mein lieber D'Artagnan. Ich hoffe, es ist nichts Ernstes?" „Nein, Sire, nichts Ernstes." „Nun sagt mir, D'Artagnan, wie war die

Begegnung mit dem Jesuiten?“ „Er hat Euren Auftrag angenommen, Sire, wir werden sicher bald von ihm hören.“ „Das ist gut, mein Lieber, aber nun gibt es noch ein anderes, drängendes Problem.“ „Und das wäre, Sire?“ „Nun, wie Ihr wißt habe ich gestern auf den Straßen und Plätzen in Paris Lebensmittel verteilen lassen aus den Beständen der Armee von Générale Colbert.“ „Ich weiß, Majestät. Wo ist das Problem?“ „Nun, diese Lebensmittel – sie waren wohl nicht mehr ganz in Ordnung.“ „Nicht in Ordnung?“ D`Artagnan war erstaunt. „Ja ...“ Der König war sich nicht sicher, wie er es weiter erklären sollte. „Sie waren verdorben, D`Artagnan.“ „Ihr habt verdorbene Lebensmittel verteilen lassen, Sire?“ D`Artagnan war entsetzt. „Nicht ich“, rief der König, „nicht ich habe sie verteilen lassen, Générale Colbert trägt die Verantwortung und sein Quartiermeister und ich werde sie alle zur Rechenschaft ziehen lassen, D`Artagnan, alle, das verspreche ich Euch.“ „Ja, Sire“, entgegnete resigniert der Musketier. „Aber nun rottet sich der Pöbel zusammen, D`Artagnan, Ihr müßt etwas unternehmen.“ „Was ist Euer Befehl, Majestät?“ „Treibt den Pöbel auseinander, mit meiner Garde.“ „Ich soll die Musketiere des Königs gegen hungernde Bürger schicken, Sire? Das ist Euer Befehl?“ „Wollt Ihr diesen Befehl verweigern, Monsieur?“, schrie ihn der König an.

D`Artagnan senkte den Kopf. „Nein, Majestät, was immer Ihr befehlt." „Dann tut, was ich Euch befohlen habe", rief der aufgebrachte Louis und stürzte aus dem Zimmer. D`Artagnan verließ den Palast und ging zu den Quartieren seiner Musketiere. Er befahl Aufsitzen und verließ mit einem Trupp von zweihundert Mann den Palast. Neben ihm ritt einer seiner Unterführer, Leutenant André. „Leutenant, wir haben heute eine äußerst undankbare Aufgabe. Wir müssen den Aufstand der Hungernden beenden. Aber, Monsieur André, ich will kein Blut sehen. Wir werden uns in kleine Truppen teilen und zwischen ihnen hindurch reiten. Wir werden in zwei Achsen immer und immer wieder aufeinander zureiten, bis wir die Menschen auseinander getrieben haben und sie wieder in ihren Häusern sind. Ich will keinen Schuß hören und keinen Degenhieb sehen. Habt Ihr das verstanden?" Der Leutenant sah D`Artagnan entschlossen an. „Jawohl, das habe ich verstanden." „Dann gebt den Befehl jetzt an alle Unteroffiziere weiter", erwiderte D`Artagnan. Leutenant André wandte sein Pferd um und gab die Befehle weiter. Sie ritten etwa eine Viertelstunde, als sie auf dem Place de Lycée ankamen. D`Artagnan ließ die Kolonne stoppen. Vor ihnen hatten sich etwa fünfhundert zerlumpte Gestalten zusammengerottet, darunter viele Frauen mit ihren Kindern. „Ah, da kommen die wohlgenährten Mörder im Auftrag des Königs“, rief eine Stimme. D`Artagnan traf dieser Satz mitten ins Herz. Er blickte sich zu Leutenant André um, die beiden Männer schauten sich an. D`Artagnan nickte kurz, Leutenant André hob seine Hand und rief: „Auf mein Kommando!“ Dann ließ er den Arm fallen und D`Artagnan beobachtete, wie in acht Richtungen je fünfundzwanzig Mann im Halbgalopp losritten. Die Menschen rannten auseinander. Die acht kleinen Trupps ritten in geschwungenen Bögen immer wieder aufeinander zu und aneinander vorbei, solange, bis sich das Häuflein Unglückseliger in viele zersprengte Grüppchen zerteilt hatten, die nach und nach in den Seitenstraßen verschwanden. Es ging schneller und problemloser, als D`Artagnan gedacht hatte. Dennoch empfand er diesen heutigen Auftrag als einen der unglückseligsten in seiner Karriere. Leutenant André kam zurück und zügelte sein Pferd neben dem von D`Artagnan. „Das habt Ihr gut gemacht, Leutenant.“ Dieser antwortete: „Niemand ist verletzt worden, wir Ihr es befohlen habt.“ „Ich danke Euch. Reitet nun die Straßen ab und verfahrt bei anderen Versammlungen genauso wie soeben. Wenn niemand mehr sich offen zeigt, kehrt zum Schloß zurück.“ „Jawohl, und Ihr?“ „Ich reite schon jetzt zurück, Leutenant, ich hatte keinen besonders guten

Tag.“ „Soll ich Euch eine Eskorte mitgeben?“ „Nein, Leutenant, ich glaube nicht, daß es jemand wagt, den Marschall der Musketiergarde des Königs am hellichten Tag auf den Straßen von Paris anzugreifen.“ Die beiden Soldaten salutierten. D`Artagnan wandte sein Pferd um und ritt zum Palast zurück. Er war müde und enttäuscht. Er stellte sich die Frage, ob dies wohl noch sein Frankreich war. Er begann, ernste Zweifel daran zu haben.

Todeskuß

Der Einschlag der Kanonenkugel wirbelte den Staub der Straße auf. Milliarden kleiner Partikelchen erfüllten die Luft vom Boden an fast zwanzig Meter hoch. Diese Staubwand war von Blicken kaum mehr zu durchdringen. Die Umgebung war von Kampfhandlungen deutlich gekennzeichnet. Umherfliegende Schrapnellgeschosse waren in die Stämme von Bäumen eingedrungen und hatten sie aufgefasert bis zu ihrem Inneren. Die Engländer rückten mit einer Einheit Langgewehr-Schützen vor. Die erste Reihe liegend, die zweite kniend, die dritte stehend. Halbwüchsige Trommler flankierten die Schützen und schlugen den dumpfen Ton des Todes. Im Wiesengrund, etwa zweihundert Meter den Engländern gegenüber, lag ein kleiner Trupp Franzosen. Von den ursprünglich achtzig Soldaten waren in der letzten Stunde mehr als die Hälfte gefallen. Noch hielten sie ihre Fahne und konnten die Engländer todesmutig Mal um Mal zurückwerfen. In der Mitte der Einheit der Franzosen kauerte ein junger Leutenant neben seinem Unterführer. In dem Augenblick, als der Leutenant seinem Untergebenen einen Befehl geben wollte, traf diesen eine Kugel mitten in den Kopf. Der Unteroffizier fiel vorne über und sein Blut ergoß sich in die satten Wiesen

Englands. Bestürzt registrierte der Leutenant die Situation. Als der von den Geschützen aufgewirbelte Staub sich gesenkt hatte, sah er, daß die Engländer Bajonette auf ihre Musketen pflanzten. Er hatte nur zwei Möglichkeiten. Entweder ergab er sich mit seiner Truppe oder er kämpfte bis zum letzten Mann. Kurz bedachte er diese Frage, dann stand sein Entschluß fest. Niemals würde er sich ergeben. Schließlich war er ein Bragelonne.

Christine war aufgeregt. Sie setzte sich und goß sich aus einem großen, tönernen Krug Wasser in ein Glas. Voller Vorfreude betrachtete sie den Brief, der ihr vor einigen Minuten von einem Boten überbracht worden war. Sie erkannte die Handschrift ihres geliebten Raoul sofort. Mit vor Erregung zitternden Händen öffnete sie den Brief. Voller Hast flogen ihre Augen über die Zeilen:

Meine geliebte Christine! Voller Wehmut ist mein Herz, da ich Dich nicht in meinen Armen halten kann. Aber mein Herz ist auch erfüllt von der Liebe zu Dir. Ich bin hier im Feldlager des Königs, um einer Sache zu dienen, der ich meine Ehre verpfändet habe - meinem Land und meinem König. Aber mein Herz habe ich nur Dir verpfändet. Ich weiß nicht, ob mir Schlachten bevorstehen, in denen ich unsere Fahne vertreten muß. Ich weiß nur, sollte ich fallen, geschähe es für die Ehre Frankreichs. Nur eines würde ich dann schmerzlich vermissen – Deine Liebe. Unsere Gefühle zueinander sind so groß und überwältigend, daß sie niemals sterben würden. Ich bliebe für immer bei Dir. Spürtest Du einen Windhauch auf Deinem Arm oder in Deinem Gesicht, so wäre es ein Hauch meiner unsterblichen Seele. Aber genug der trüben Gedanken, ich sehe Dein Gesicht vor mir und der düstere Tag erfüllt sich für mich mit Sonnenschein. In ewiger Liebe. Raoul.

Raoul hatte die Reihen der Seinen geordnet. Die Rotröcke liefen in immer schnellerem Schritt auf sie zu. Mit einem Sprung erhob sich der junge Leutenant, blickte sich um und rief: „Attacke!" Mit der Rechten streckte er seinen Degen voraus, in der Linken hielt er seine Pistole. So stürmten die der Zahl nach unterlegenen Franzosen auf ihre englischen Bedränger zu. Raoul an der Spitze der Seinen. Die Männer prallten aufeinander. Eine Serie von Schüssen fiel und wie von einer Hand geschlagen sanken weit über vierzig Männer schreiend und blutend zu Boden. Raoul kämpfte mit dem Mut eines Löwen. Ein bulliger, untersetzter Engländer rannte schreiend und mit hochrotem Gesicht auf ihn zu. Raoul streckte ihn mit einem Schuß nieder. Einem Zweiten hieb er seinen Degen in den Leib, auch dieser fiel direkt vor seine Füße. Als er sich eben umwenden wollte spürte er für einen kurzen Augenblick einen stechenden Schmerz. Dann befiehl ihn eine lähmende Leere. Er blickte nach unten und war überrascht. Aus seinem Brustkorb ragte die Spitze eines Bajonettes, die nun langsam wieder nach rückwärts verschwand. Raoul sah seinen Vater. Dieser sah ihn strafend an, weil er ein Glas mit Milch umgekippt hatte. Doch plötzlich lächelte der Vater Raoul wieder an. Seltsam, wie lange er schon nicht mehr an diesen Moment aus seiner Kindheit gedacht hatte. Dann sah er Christine, seine unendlich schöne Christine mit ihren vollen, roten Lippen und ihren strahlenden Augen. Seine Hände wollten nach ihr greifen, doch er fühlte nur die Halme von Gras zwischen seinen Fingern. Zärtlich rief er ihren Namen: „Christiiii....“ Weiter kam er nicht. Ein Bajonett durchbohrte seine Kehle. Raoul, Vicomte de Bragelonne, war tot.

Tränen flossen über Christines Gesicht, deren Strom sie kaum bremsen konnte. Natürlich war sie in Sorge um Raouls Schicksal, aber was sie beruhigte, war das Versprechen des Königs. Louis würde seine schützende Hand über ihren Raoul halten.

„Messieurs, Euer Mahl.“ Die junge, dunkelhaarige Frau stammte sicherlich aus dem Süden Frankreichs. Porthos mutmaßte, daß sie gar arabische Vorfahren haben könnte. Er sah die junge Frau voller Begeisterung an und erfreute sich an ihrer Anmut und Schönheit. Sie stellte einen Krug Wein vor ihn und ein opulentes Stück, das man aus einem Schwein geschnitten hatte. Es war mit Früchten und allerlei Köstlichkeiten gespickt. Aramis hingegen beschied sich mit einem Leib Brot und einigen Stücken luftgetrocknetem Schinken. Auch trank der Asket keinen Wein, sondern, im Gegensatz zu seinem Freund, nur frisches Wasser. „Wie ist Euer Name, Mademoiselle?“, sprach Porthos die junge Kellnerin an und lächelte dabei mit all seinem Charme. „Annabelle“, antwortete die junge Schönheit und lächelte kokett zurück. „Ihr solltet wissen, Mademoiselle, daß mein Freund hier verheiratet ist und sieben hungrige Mäuler zu Hause zu stopfen hat.“ Das Lächeln auf dem Gesicht der jungen Frau erstarb abrupt. Sie wandte sich ab und verließ die beiden. Ärgerlich sah Porthos seinen Freund an. „Warum verdirbst Du mir jeden Spaß?“ Aramis entgegnete seinem Freund mit aller Milde, die er in seine Stimme legen konnte: „Mein lieber Porthos, heute sind wir nicht zum Zwecke der Verführung hier, sondern zur Errettung Frankreichs.“ Porthos murmelte seine

Antwort unverständlich vor sich hin und wandte sich mürrisch seinem Mahl zu. „Du weißt, mein Freund, es ist ein entscheidender Nachteil, daß wir nur zu zweit sind. Du bist auf Deine Rolle als Arzt perfekt vorbereitet?“ „Selbstverständlich, Monsieur“, entgegnete Porthos mit einer theatralischen Geste, während er noch genußvoll den Schweinebraten kaute. „Ich bin der weitgereiste Leibarzt Seiner Majestät, ich habe schon Wunder vollbracht an den Höfen von Wien und Lissabon...“ Aramis unterbrach seinen Freund scharf: „Porthos, zügele Deine Phantasie, sonst landen wir schneller, als wir es uns träumen lassen erst in der Nachbarzelle unseres Gefangenen und anschließend auf dem Schafott.“ Porthos ließ seine Hände auf den Tisch krachen und sah Aramis ernst an. Dann sagte er leise: „Ich sterbe vielleicht mit einer Kugel in meinem Kopf oder mit einem Degen in meinem Bauch. Aber so wenig, wie ich mein Leben im Bett aushauche, fällt mein Kopf je in einen Korb mit Sägespänen.“ „Dann soll es so sein“, entgegnete Aramis und fuhr fort, den Plan zur Befreiung des Gefangenen noch einmal en Detail zu besprechen.

Der alte englische Offizier schritt die Reihe der nebeneinander gelegten toten Körper der Franzosen ab. Hin und wieder blieb er stehen und schüttelte den Kopf. „Der König von Frankreich schickt uns nicht seine Soldaten, er schickt uns seine Kinder.“ Als er sich eben abwenden wollte, blickte er in Raouls bleiches Gesicht. Der alte Offizier betrachtete Raoul lange. Dann sah er zu seinem Unteroffizier. „Dieser da, war er der kommandierende Offizier?“ „Jawohl“, antwortete der Sergeant. „Ist sein Name bekannt?“ „Er trug einen Feldausweis bei sich, der ihn als Vicomte de Bragelonne ausweist.“ „Soso“, antwortete der Offizier nachdenklich, „ein großer Name. Ich glaube es wäre ein Akt der Ehre, seine Papiere seiner Familie zurück zu schicken. Trug er sonst etwas bei sich?“ „Nein, Sir, außer – er trägt einen Ehering an seinem kleinen Finger.“ „Gut“, antwortete der Offizier, „schickt seine Papiere und den Ring mit einem Parlamentär in die Reihen der Franzosen und begrabt ihn dann mit seinen Kameraden bei dem Wäldchen hinter den Wiesen.“ „Und die Namen der anderen, Sir?“ „Mr. Valentine“, entgegnete der englische Offizier seinem Untergebenen, „wir sind im Kriege und es ist nicht unsere Aufgabe, das Schicksal eines jeden gemeinen Soldaten zu klären. Wären diese Bauernburschen in Frankreich geblieben, wo sie hingehören, könnten sie noch jetzt die Ernte einfahren oder Tische zimmern. Für das Unglück ihrer Familien ist der König von Frankreich alleine verantwortlich.

Aber bei diesem Offizier hier wollen wir eine Ausnahme machen." „Jawohl, Sir." Der Offizier wandte sich ab und während er das Schlachtfeld verließ, türmten die Engländer die toten Franzosen auf einem Eselskarren auf und transportierten sie zu jenem angewiesenen Platz, an dem sie für alle Zeit ihr anonymes Grab finden sollten.

Der König erfreute sich bester Laune. Beide Hände zu bewegten Gesten über seinen Kopf gehoben schritt er kokettierend an seinem Schreiber vorbei. „... möchte sich Seine Majestät erlauben, sie zu einem Dinner und so weiter und so weiter... Jaques, das übliche." Vergnügt klatschte er dreimal in seine Hände, sah D`Artagnan an, der mit über der Brust verschränkten Armen in einer Ecke des Schreibzimmers stand und sagte: „Dann wollen wir mal sehen, wie lange Mademoiselle de Bellefort dem Charme ihres Königs noch zu widerstehen vermag." „Liebtet Ihr sie alle, Majestät?" Louis blieb stehen und wandte sich um. Vergnügt und erstaunt sah er D`Artagnan an. „Wen alle?" „Nun", entgegnete D`Artagnan und ging einige Schritte auf den König zu, „all die jungen Damen, denen Ihr den Kopf verdreht und das Herz gebrochen habt." Louis warf den Kopf zurück und lachte abermals. „Aber natürlich liebte ich sie, ich liebte ihre samtene Haut, ihre weichen Brüste, ihre prallen Schenkel, ich liebte den Schweiß auf ihrer Haut. Eine jede liebte ich für etwas anderes." „Majestät, das meinte ich nicht. Liebtet Ihr ihre Seelen?" Verwundert sah der König D`Artagnan an. „Ihre Seele?" wiederholte er fragend, „aber Frauen haben doch gar keine Seele. Gott hat sie uns Männern in seiner Gnade zu unserer Pläsier geschickt – und natürlich auch zu ihrer eigenen. Frauen sind wie Schmetterlinge, D`Artagnan, in ihrer Pracht und Schönheit flattern sie umher und versüßen uns den Sommer – und im Herbst sind sie verschwunden. Oder habt Ihr je im Herbst einen Schmetterling gesehen?" „Nein, Sire", entgegnete D`Artagnan. „Seht Ihr, mein Lieber, und so hat leider Gottes Schöpfungsplan auch ein paar Fehler. Wäre es nicht gnädig von ihm gewesen, nicht nur die Schmetterlinge sterben zu lassen, bevor ihre Schönheit vergeht, sondern auch die Frauen?" „Nun, Sire ..." Der König unterbrach D`Artagnan noch bevor dieser antworten konnte. „Mein Freund, ich kann Eure Antwort erahnen. Laßt uns ein anderes Mal über die Frauen philosophieren. Laßt uns einige Schritte gehen. Wie ich höre, kommen Nachrichten von unseren Soldaten aus England." Der König verließ die Schreibstube und schritt, gefolgt von einigen Beratern, die langgezogene Treppe hinunter in den Garten. Der Glanz der Sonne spiegelte sich auf den Dächern und in den Fenstern der umstehenden kleineren Gebäuden. Der König wandte sich nach rechts. Er war bester Laune und tauschte einige Scherze mit Pierre aus. Die Übrigen folgten dicht hinter ihm. D`Artagnan ging als letzter etwa zwanzig Meter hinter dem König. Als sie eine kleine Kapelle passierten, die seit einigen Jahren ungenutzt den Weg säumte, geschah etwas Unerwartetes. Die Tür der Kapelle wurde aufgestoßen und ein ungepflegter Mann mittlerer Größe sprang heraus. Er war nicht mehr als sechs Meter vom König entfernt. Der Troß um den König und Louis selbst blieben wie angewurzelt stehen. Der Mann hatte einen langen, spitzen Dolch in seiner rechten Hand. Auch er stutzte einen Augenblick um dann vor zu stürzen. Er schrie: „Tot dem König!" Die Louis begleitenden Berater stürzten zur Seite und gaben so dem Mann den Weg frei. Louis stand das Entsetzten im Gesicht. Er war zu keiner Regung fähig. Der Mann stand nun unmittelbar vor ihm und war im Begriff, seinen Dolch in die Brust des Königs zu stoßen als ein einzelner Schuß viel. Der Angreifer hielt inne. Die Waffe entglitt seiner Hand, sein letzter Gesichtsausdruck war Erstaunen. Aus einer kleinen Wunde in seiner Stirn floß ein Rinnsal Blut. Der Mann fiel vornüber auf den Kiesweg – genau vor die

Füße des Königs, der noch immer vor Entsetzen regungslos war. Erst langsam wurde ihm das Geschehene bewußt. D'Artagnan hatte geistesgegenwärtig seine Pistole gezogen und dem Angreifer genau in den Kopf geschossen. Louis fuhr herum und schrie: „Ihr hättet mich treffen können, Monsieur." „Aber ich hatte nur die Wahl, Sire, zwischen einem Loch in Eurer Brust oder einem Loch in Eurem Kopf. Und so entschloß ich mich zu einem Loch in seinem Kopf.", entgegnete D'Artagnan trocken. Der König ließ die Arme sinken. Zornig blickte er seine Umgebung an. „Was wäre jetzt mit mir, wenn er nicht wäre, ihr feigen Hunde? Wer hat sich schützend vor seinen König geworfen?" Louis wandte sich um und gab dem zu seiner rechten stehenden Pierre eine schallende Ohrfeige. Dann stürmte er zurück in das Schloß. D'Artagnan folgte ihm als einziger. Louis blieb am Fuß der Treppe stehen und blickte D'Artagnan an. „Ihr habt mir das Leben gerettet, Monsieur." „Majestät, ich habe meine Pflicht getan." „Natürlich, D'Artagnan, aber ich bin Euch dennoch zu Dank verpflichtet. Auf Eure Treue werde ich mich stets verlassen." Der König begab sich zurück in seine Gemächer.

Christine wußte nicht, was sie denken sollte. Ihr Herz war voller Sorge. Seit einer knappen Stunde war sie auf dem Weg zum Gut der Familie de Bragelonne. Raouls Vater Athos hatte ihr eine Kutsche geschickt und mündlich die dringende Bitte übermittelt, ihn umgehend aufzusuchen. Natürlich hatte Christine dieser Bitte Folge geleistet. Die Kutsche hielt direkt vor Athos Haus. Christine stieg aus, ihr wurde die Tür geöffnet und sie trat ein. Christine erblaßte, als sie Athos Gesicht sah. Aschfahl saß er an einem Tisch. Er schien um Jahre gealtert. Christine spürte, wie Kälte ihr Herz ergriff. Auf dem Tisch vor Athos lag ein Brief, ein Ausweis und ein kleiner, goldener Ring. Christine spürte ihre Beine nicht mehr. Athos hob sein Gesicht und schaute sie an. Sein Blick war von Tränen trüb. Leise sagte er: „Raoul ist tot." „Aber...", Christine war fassungslos, „aber wie konnte das geschehen?" Athos schmerzerfüllter Blick fiel zurück auf das Schreiben, das ihm von der Verwaltung des Hofes zugestellt worden war. Er atmete schwer, als er daraus vorlas. Er war nur Imstande, einige wenige Bruchstücke davon vorzulesen:

„...eine kleine Gruppe Engländer drang auf französisches Gebiet vor. Raoul inspizierte die Wache und dann ... dann haben sie ihn ermordet."

Schluchzend ließ er seinen Kopf in die Hände fallen. Er stieß einen tiefen Seufzer aus. Er rang einige Sekunden um Fassung und nahm wieder

Haltung an. „Seinen Leichnam haben sie mit fortgenommen, wahrscheinlich zum Beweis ihrer großen Tat. Nur seine blutgetränkten Papiere und den Ring haben sie zurück geschickt.“ Athos fing an zu weinen. „Nicht einmal bestatten kann ich meinen Sohn.“ Christine verlor das Bewußtsein und fiel zu Boden. Als sie wieder zu sich kam, war Athos verschwunden. Marie-Louise, die ihr aufhalf, war selbst tränenüberströmt. Sie erzählte, daß Athos wie von Sinnen aus dem Haus gestürmt sei und sie das Schlimmste befürchtete. Christine hatte nur noch einen Gedanken. Sie wollte fort von hier, fort von jenem Ort, an dem jeder Zoll, jeder Gegenstand und jeder Grashalm sie an Raoul erinnerten. Sie stürzte zur Kutsche, die sie auf direktem Wege wieder in das Haus ihrer Mutter brachte. Christine verlor jeden Bezug für Zeit und Raum. Wie in Trance kam sie zu Hause an, ließ sich auf Ihr Bett fallen und sogleich übermannte sie ein bleierner Schlaf. Als sie erwachte, war es Nacht. Christine spürte, wie sie fror. Sie konnte nicht weinen. Ihre Gedanken waren immer noch verwirrt. Sie mußte an Raouls Brief denken, an seine liebevollen Zeilen. Jetzt brach all ihr Unglück aus ihr heraus und Tränen ergossen sich aus ihren Augen wie ein Wasserfall. Schluchzend warf sie sich auf ihr Bett. Sie fühlte ihr Herz schlagen. Es war ihr, als sei es im Sinne des Wortes zerbrochen. Nun weinte sie, bis sie keine Tränen mehr hatte. Dann schlief sie erneut ein.

Athos torkelte. Noch nie in seinem Leben hatte er soviel getrunken und fühlte sich dennoch so klar. Zwar versagten seine Beine, jedoch nicht seine Gedanken. Athos hatte Abschied genommen. Sein Leben war vorbei. Er würde nicht warten, bis der Tod ihn fand - er würde ihn jetzt suchen. Nachdem er sich betrunken hatte, war er ans Grab seiner geliebten Frau gegangen, Raouls Mutter, um ein letztes Mal Adieu zu sagen. Nun ging er zu seinem Pistolenschrank, nahm eine seiner Waffen heraus und lud sie. Dann nahm er an seinem großen Tisch Platz und spannte den Hahn. Als er eben überlegte, ob er sich lieber in den Mund oder in die Schläfe schießen sollte, fiel sein Blick auf ein kleines, ungeöffnetes Schreiben, das auf eben jenem Tisch lag. Es trug ein ihm wohl bekanntes Regimentsabzeichen. Athos sicherte seine Pistole wieder und legte sie vor sich auf den Tisch. Dann nahm er den Brief und öffnete ihn:
Mein lieber Athos, leider kann ich auch im Gedenken an alte Zeiten und unserer langjährige Verbundenheit Eurem Wunsche nicht entsprechen. Der König selbst ließ Anweisung geben, Euren Sohn an die vorderste Front nach England zu schicken. Und dieser Befehl steht über allem. Ich

bete für Euren Sohn. Möge Gott seiner und Eurer Seele gnädig sein.
Gezeichnet Colonel Gérard de Fabrie.
Ein markerschütternder Schrei ließ das ganze Haus erbeben. Marie-Louise stürzte aus ihrem Zimmer und sah eine gespenstige Szene. Athos stand in der Halle in der Haltung eines zornigen Bären, das Gesicht zu einer Fratze verzerrt. „Du räudiger Bastard, das wirst Du bereuen." Und immer wieder: „Tod, Tod, Tod...".

Die schwache Stimme ihrer Mutter weckte Christine. „Ein Wagen ist für Dich gekommen, ma chère." Christine blickte auf. Hatte sie tatsächlich den ganzen Tag verschlafen? Als sie das letzte Mal erwachte, war es noch stockdunkle Nacht und nun dämmerte es abermals. Wie betäubt ging Christine zur Tür und öffnete sie. Vor ihr stand eine Kalesche des Königs. Christine war verwirrt. „Aber Monsieur, was wollt Ihr?" „Euch zum König bringen, Mademoiselle." „Aber..." Christine wußte nicht, was sie sagen sollte. Da kam ihre Zofe und reichte ihr den Brief von Louis. „Das wurde heute morgen für Euch abgegeben, Mademoiselle, aber wir konnten Euch den ganzen Tag nicht wecken." Christine überflog die Zeilen, die Louis ihr geschrieben hatte. Dann blickte sie den Kutscher an und sagte: „Danke. Richtet seiner Majestät aus, daß ich unpäßlich bin.“ Als sie eben vor dem verblüfften Kutscher die Tür schließen wollte, zischte ihre Zofe ihr zu: „Das könnt Ihr nicht machen, Mademoiselle. Es ist eine Einladung des Königs.“ Christine sah sie an und überlegte kurz. Würde sie die Einladung annehmen, konnte sie ihn fragen, fragen nach dem Schutz für Raoul und nach seinem Versprechen. Ernst sah sie den Kutscher an. „Ich komme mit, aber Ihr müßt Euch einen Augenblick gedulden.“ Sie begab sich in ihre Kammer und kleidete sich um. Dann fuhr Sie mit der Kutsche nach Versailles. Sie wollte eine Erklärung.

Marie-Louise stürzte zu dem tobenden Athos, der immer noch wie ein Besessener schrie: „Ich werde nicht eher ruhen, bis Dein Blut ebenso vergossen ist, wie das meines Sohnes, du Henker, der sich König nennt.“ Dann schwieg er und sah Marie-Louise an. „Aber Monsieur, was ist geschehen?“ „Er hat ihn umgebracht, Marie-Louise. Er hat meinen Raoul bewußt und vorsätzlich in den Tod geschickt. Das wird er mit seinem Tode bezahlen. Ich schwöre bei Gott, daß ihm das schlimmste Schicksal widerfahren soll, was ein Mensch sich denken kann.“ „Aber Monsieur, ihr sprecht vom König von Frankreich.“ „Ja, Marie-Louise. Aber der räudige Bastard, der unser Land regiert, verdient nicht mehr, als das Schicksal eines Elenden." „Aber Monsieur, Ihr habt dem König einen Eid geschworen." „Soll die Hölle meine Seele nehmen. Diesen Eid werde ich brechen und wenn ich meine unsterbliche Seele dabei verliere." „Oh, Monsieur" seufzte Marie-Louise und sank auf die Knie, „was soll nur aus uns werden?" Diese Worte beruhigten Athos ein wenig, er strich ihr sanft übers Haar, lächelte sie an und sagte: „Mach Dir keine Sorgen Marie-Louise, für Dich wird gesorgt sein." Dann blickte er wieder auf. Hätte ihm in diesem Augenblick ein Beobachter in die Augen geschaut, er wäre erstarrt. Es war nichts als der blanke Haß zu sehen.

Die Diener des Schlosses hatten Christine bis zu einer großen Tür mit zwei Flügeln geleitet. Wie von Zauberhand öffneten sie sich. Eine wunderschöne Melodie, von unsichtbaren Musikanten gespielt, drang an ihr Ohr. Der Saal war voller Spiegel und der Schein abertausender Kerzen fand seinen Wiederschein in ihnen. Die Türen schlossen sich und sie war mit König Louis alleine. Der Monarch war schlicht gekleidet, nur mit einer Hose und einem weißen Rüschenhemd, das seinen Teint perfekt betonte. Über seinen Kragen wallten seine Haare. Ein freundliches Lächeln lag über seinen Lippen. Er sah tatsächlich verführerisch aus. Louis ging mit ausgebreiteten

Armen auf Christine zu. „Ma belle chère“, rief er ihr zu. „Ihr habt Euer Wort gebrochen, Majestät“, erwiderte sie ihm. Der König blieb auf halber Strecke stehen und schaute sie verwundert an. Überrascht und stockend erwiderte er: „Ich ... habe mein ... Wort ... gebrochen? Wie mein Ihr das?“ „Er ist tot, Sire.“ „Wer ist tot, Mademoiselle“ „Raoul ist tot, Louis.“ Der König reagierte verblüfft. Mit Ausnahme seiner Mutter und einiger seiner intimen Gefährtinnen nannte ihn niemand beim Vornamen. Er überging diesen Affront und erwiderte, voll gespielter Betroffenheit: „Das ist nicht wahr, meine Liebe?“ „Wohl ist es wahr“, entgegnete Christine und spürte, wie die unsägliche Trauer sie erneut übermannte. „Das ist ganz unfaßbar.“ Der König war unterdessen näher gekommen. Er nahm ihre Hand, geleitete sie zu einem Stuhl und setzte sich selbst unmittelbar daneben. Er sah ihr tief in die Augen und fragte: „Wie konnte das geschehen?“ „Ein Kommandotrupp der Engländer ermordete ihn, als er die Wachen inspizierte.“ „Diese Teufel“, entgegnete ihr Louis, „diese Teufel. Tod und Verdammnis will ich in ihr Land tragen.“ Christine riß ihren Kopf hoch und sah ihn an. In ihren Augen war die Glut des Hasses zu sehen. „Ja Majestät“, rief sie, „tut das!“ Louis war erfreut, denn er erkannte seine Chance. Unvermittelt sprang er auf und schrie: „Niemand tötet den, der unter des Königs Schutz steht. Rache werde ich nehmen an ganz England." Er riß Christine mit. „Mit Blut und Tod wird dieser Meuchelmord gerächt werden." Christine nickte heftig. Louis Blick fiel auf ihren Busen, der heftig bebte und er sah, wie sich ihre Wangen vom beifälligen Zorn gerötet hatten. Das erregte ihn. Seine Stimme wurde eindringlich und leise. „Wußtet Ihr, liebe Christine, daß Ihr beinahe heut auch mich verloren hättet?" Christine erschrak. „Nein, Sire." „Ein gedungener Meuchelmörder, wahrscheinlich auch bezahlt von den Engländern, lauerte mir in meinen Gärten auf um mir sein Messer in die Brust zu stoßen." Mit einem Ruck öffnete Louis sein Hemd, zwei Knöpfe sprangen dabei ab und er entblößte seine Brust. „Hier hinein wollte er mir seinen Dolch stoßen." Bei diesen Worten kniete er sich vor Christine, nahm ihre Hand und legte sie auf seine nackte Brust. „Mein Leben verdanke ich nur dem tapferen Marschall meiner Musketiergarde." Immer näher kam sein Gesicht dem ihren. „Was für ein Tag. Euren geliebter Raoul ereilt der Tod, dem Euer geliebter König nur knapp entrinnen konnte." Immer näher kamen sich ihre Lippen. So nah schließlich, daß Christine die seinen fast spüren konnte. „Eint uns das nicht?" flüsterte der König, „macht uns das nicht zu Verbündeten im Leben? Die, die wir widerstanden haben dem Tod?“ „Ja, Sire“, hauchte Christine, die aufgewühlt war aus einer Mischung von Zorn, Trauer und Erregung. Die Lippen des Königs preßten sich fest auf die ihren. Leidenschaftlich erwiderte sie seinen Kuß. Sie war wie von Sinnen. Louis zog sie vom Stuhl auf einen neben dem Tisch liegenden Teppich. Zunächst lag sie auf ihm, und er küßte sie immerfort. Seine Hände glitten an ihrem Leib entlang bis an ihre Hüften, dann drehte er sie um. Er beugte sich nun über sie und schob die Träger ihres Kleides von ihren Schultern. Ihre ebenmäßigen Brüste kamen zum Vorschein. Louis liebkoste sie mit den Fähigkeiten eines erfahrenen Liebhabers, während er seine Hand unter ihren Rock schob. Er konnte ihre Erregung fühlen. Christine spürte die warmen Wonnen der Wollust. Sie befreite Louis von seinem Hemd und liebkoste ihn voller Sinnlichkeit. Louis hob sie hoch und trug sie küssend in ein Nebenzimmer. Dort vereinigten sie sich unter dem Baldachin seines Bettes und liebten sich leidenschaftlich, bis beide sanft einschlummerten.

D‘Artagnan öffnete seine Augen. Leutenant Andre sah ihn an. „Verzeiht, Monsieur, daß ich Euch wecke, aber wir haben ein Problem.“ D‘Artagnan erhob sich und spürte dabei den stechenden Schmerz seiner Wunde im Arm. Er ließ sich dennoch nichts anmerken. D'Artagnan ging zu einer Schale mit Wasser und spritzte sich das kühle Naß ins Gesicht. Während er sich seine Wange trocknete, fragte er Leutenant André: „Was für ein Problem?" „ Die Wache hat einen Eindringling festgenommen, als er versuchte, über den rückwärtigen Teil des Schlosses in die Gemächer des Königs einzudringen." Verblüfft sah D'Artagnan Leutenant André an. „Und deswegen weckt Ihr mich? Werft ihn in die Bastille." „Nun, Monsieur, bei jedem anderen Eindringling hätte ich es auch getan, aber jenen hier kenne ich - und Ihr, Monsieur, Ihr kennt ihn auch." D'Artagnan hob die Augenbrauen. „Wer ist es?" „Es ist Athos, Vicomte de Bragelonne, ein ehemaliger Musketier des ..." D'Artagnan unterbrach Leutenant André und griff nach seinem Mantel. „Schnell, bringt mich zu ihm." Die beiden Musketiere hasteten zur Wachstube. Dort saß Athos wortlos auf einem Stuhl, seine Hände waren hinter seinem Rücken zusammen gebunden. Zu seiner Linken und Rechten standen zu seiner Bewachung Musketiere. „Warum ist dieser Mann gefesselt?" „Marschall, er hat gesagt, er will den König töten!" In D'Artagnans Gesicht war das blanke Entsetzten zu erkennen. „Das hast Du nicht gesagt, Athos." Ruhig blickte Athos D'Artagnan an. „Doch, Monsieur, das habe ich gesagt. Und wenn ich es noch könnte, dann würde ich es auch tun." „Schweig", schrie D'Artagnan, sammelte sich und gab Leutenant André den Befehl, Athos loszubinden. Zu den beiden Bewachern gewandt sagte er. „Laßt mich mit ihm alleine. Und ..." er sah Leutenant André an, „ ...daß mir von diesem Vorfall nichts ins Wachbuch kommt. Der jüngere der beiden Bewacher sagte verlegen: „Das ist bereits geschehen, Monsieur." D'Artagnan blickte zu Boden. „Nun, dann ist das eben so." „Aber", fügte der junge Musketier hinzu," ich habe seinen Namen nicht dazu geschrieben." „Das habt Ihr gut gemacht, junger Mann", entgegnete D'Artagnan erfreut. Die drei Musketiere verließen den Wachraum. „Bist Du von Sinnen, mein Freund?" „Nein, Monsieur, das bin ich nicht. Aber ich habe auch nicht vor, mit dem Vasall eines Mörders und Bastards einen Diskurs zu führen." D'Artagnan überging die Beleidigungen, zog einen Stuhl näher und setzte sich seinem Freund gegenüber. „Was ist geschehen?" „Dein König hat meinen Sohn ermordet." D'Artagnan war entsetzt. „Das kann nicht sein!", stieß er aus, „Raoul ist tot?" „Auf Befehl Deines Königs", bestätigte Athos und reichte D'Artagnan den Brief des Colonels. D'Artagnan las den Brief, ließ den Arm sinken und sah seinem Freund in die Augen. „Ich kann es nicht fassen." „Siehst Du, D'Artagnan, und deswegen werde ich den König töten." Athos nahm den Brief aus der Hand seines Gegenübers und steckte ihn in die Tasche. „Das wirst Du nicht tun“, entgegnete D‘Artagnan, „Du wirst nie an ihn herankommen. Und ganz zuletzt werde ich Dir im Weg stehen.“ „So ist aus unserer Freundschaft soeben Feindschaft geworden“, entgegnete Athos. „Mein Freund, bedenke, vielleicht ist alles nur ein großes Mißverständnis und es klärt sich auf“, versuchte D‘Artagnan einzulenken. Athos lachte böse. „So mißverständlich wie dieser ungerechte Krieg? Ein Mißverständnis wie die verhungernden Kinder auf den Straßen von Paris? Alles nur ein großes Mißverständnis? D‘Artagnan, ich sage Dir, was das Übel Frankreichs ist – es ist der Bastard Louis.“ D‘Artagnan wußte keine Antwort mehr. Er sah Athos in die Augen. „ Ich kann meinen Freund nicht dem Henker überantworten. Ich lasse Dich gehen. Aber versprich mir, daß Du nie wieder in des Königs Nähe kommst.“ „Das, Monsieur, kann ich Euch nicht versprechen.“ D‘Artagnan stand auf und sah Athos an. „ Wenn Du es tust, werde ich Dich töten, Athos.“ Athos stand ebenfalls auf. „Wer wen tötet, werden wir ja dann sehen. Und Deine Seele, D‘Artagnan, ist doch schon lange gestorben.“ D‘Artagnan schwieg. Dann rief er nach Leutenant André und befahl ihm, Athos vor die Tore des Schlosses zu bringen und ihn weiter unbehelligt zu lassen. Leutenant André führte den Befehl widerspruchslos aus.

Christine war erwacht. Sie lag alleine in dem großen Bett, in dem sie und der König von Frankreich sich geliebt hatten. Sie erinnerte sich mit Wonne an die letzte Nacht. Ja, sie konnte ihn noch riechen, ihn noch spüren. Christine lächelte. Sie erhob sich aus dem Bett und ging zu dem nahe gelegenen Fenster, um den Sonnenaufgang zu sehen. Ihre Blicke schweiften über die Wiesen und Auen, die den Palast am Horizont sanft begrenzten. Dann erregte eine andere Szene ihre Aufmerksamkeit. Zwei Musketiere der Wachgarde führten einen dunkel gekleideten Mann ab, den sie zu kennen glaubte. Sie bückte sich ein wenig, kniff ihre Augen zusammen und erschrak – es war Athos, der dort unten abgeführt wurde. Eilig schlüpfte sie in ihr Kleid, huschte, noch barfuß, durch die Tür und lief schnell und leise die Treppen hinab. Eben sah sie noch, wie Athos in die Wachstube geführt wurde. Sie versteckte sich hinter einem Säulengang und beobachtete, wie ein stattlich gekleideter, junger Offizier aus der Wachstube kam, um kurz darauf mit dem Marschall der Musketiergarde wiederzukommen. Christine drückte sich eng an eine Marmorsäule. Kurz überlegte sie, ob sie zu den Soldaten hineingehen sollte, aber da verließen die beiden

Musketiere in Begleitung des Offiziers die Wachstube auch schon wieder und blieben vor ihr stehen. Christine erspähten sie nicht. Nach einer Weile kam Athos wieder aus der Wachstube und wurde von den beiden jungen Musketieren Richtung Tor geleitet. Christine erblickte ein kleines Tor zwischen zwei Mauern auf der linken Seite des Wachgebäudes. Schnell und behende kletterte sie über das kleine Tor und lächelte einen jungen Musketier an, der diese Stelle bewachte. Sie sagte: „Nur ein kleiner Ausflug!" und lief schnell weiter. Der junge Mann blieb verblüfft stehen. Christine sah Athos, der sich in ihre Richtung gewandt hatte. Athos erkannte auch sie und blieb stehen. Sie lief auf ihn zu. Die beiden trafen sich in der Mitte ihres Weges. „Monsieur, was ..." Athos betrachtete die junge Frau von ihrem Kopf bis zu ihren Füßen. „Was treibt Ihr hier, zu dieser frühen Stunde, Mademoiselle de Bellefort?" „Ich sah Euch und ..." Athos fragte nicht ohne Hintersinn: „Habt Ihr die Nacht im Schloß verbracht, Mademoiselle? Wenige Tage nach dem Tod Eures Verlobten?" Christine errötete leicht und log: „Eine Freundin von mir ist Gouvernante bei Hofe. Ich wollte nicht bei meiner Mutter bleiben. Ich brauchte ablenkende Gesellschaft." Die Erklärung genügte Athos. Die Wahrheit hätte er nie und nimmer verkraftet. Leise sagte er: „ So habt

Ihr die Nacht verbracht unter einem Dach mit Raouls Mörder.“ Christine erschrak. „Mit Raouls .. Mörder ?“ Wortlos zog Athos den Brief von Colonel de Fabrie aus seiner Tasche und gab ihn Christine. „Lest das, Mademoiselle.“ Ohne sich zu verabschieden ging Athos weiter und ließ Christine alleine. Die junge Frau war verwirrt. Sie sah Athos noch eine Zeitlang nach und wandte sich dann um in der Absicht, zum Schloß zurückzukehren. Während sie ging, öffnete sie das Schreiben. Was sie dort las, raubte ihr fast den Verstand. Sie ließ sich in die Wiese sinken und saß dort eine Weile regungslos. Dann sagte sie zu sich selbst: „ Was bin ich für eine Hure. Ich habe mit dem Mörder meines Geliebten geschlafen.“ Sie mußte an Raouls letzten Brief denken, und als sie den leichten Wind des Morgens spürte, war sie sich sicher, daß es nicht Raouls Seele war, die sie sanft streichelte – es war der kalte Hauch der Hölle und ihr Pförtner hieß Louis.

Nur widerwillig hatte Porthos sich bereit erklärt, die Nacht in der kargen Umgebung von Aramis Kloster zu verbringen. Besonders einsam fühlte er sich, als Aramis gemeinsam mit seinen Mitbrüdern zum Gebet ging. Er suchte ein wenig Zerstreuung in Aramis Büchern. Er nahm fünf auf seinen linken Arm und warf sie dann doch einzeln wieder auf den Tisch. „Gebete, Gebete, kirchliche Texte ... Kein Wunder, daß er hier verrückt geworden ist.“ Zu seiner Freude kam Aramis jedoch bald wieder zurück. Die beiden Freunde sprachen noch einmal lange miteinander über das einzige Thema, das sie seit Tagen beschäftigte, als ihnen überraschend ein Besucher gemeldet wurde. Aramis ließ den Besucher hereinbitten und die beiden waren nicht wenig überrascht, wer durch ihre Tür trat. Es war Athos. Er sah seine beiden Freunde an und sagte dann: „Messieurs, wenn Ihr bei Eurem Vorhaben noch einen Degen gebrauchen könnt – ich stehe zu Eurer Verfügung.“

D‘Artagnan ahnte, was sein König von ihm wollte. Er war überrascht, ihn bei so guter Laune anzutreffen. Dennoch – irgend etwas schien ihm seltsam an Louis. „D‘Artagnan“, begrüßte ihn der König, „mein Freund, mein Ratgeber, mein Lebensretter. Nehmt Platz!“ „Danke, Sire.“ „D‘Artagnan, was glaubt Ihr, ist das schlimmste Verbrechen in Frankreich?“ „Die Verschwörung gegen die Krone.“ “Ja, D‘Artagnan“, sagte Louis und hob den Finger, „ das ist schon ein schweres Verbrechen. Aber, sagt mir, gibt es noch ein schwereres?“ „Nun“, D‘Artagnan wurde vorsichtig, „dem König nach dem Leben trachten?“ „Dem König nach dem Leben trachten“, wiederholte Louis betont, „ das, Monsieur, ist in der Tat das schwerste Verbrechen. Und niemals würdet Ihr einen Lumpen laufen lassen, der solches auch nur denkt.“ „Natürlich nicht, Sire.“ Der König beugte sich vor und sah D‘Artagnan tief in die Augen. „Dann erklärt mir doch bitte, Marschall meiner Garde, wen Ihr da habt heute morgen laufen lassen?“ „Einen Betrunkenen, Majestät, der liebestoll einer Magd nachstellen wollte, die in Eurer Küche arbeitet.“ „Und um den sich dann, ganz selbstverständlich, der höchste Offizier bei Hofe ganz persönlich kümmert.“ „Sire, ich ...“ Der König stand auf und unterbrach D‘Artagnan. „Wir wollen es dabei bewenden lassen, bei Eurer Erklärung. Ihr habt mir gestern das Leben gerettet und Euch nicht nur dadurch Verdienste erworben und darum ...“ Der König, der nun neben dem sitzenden D‘Artagnan stand, hielt in seiner Rede inne. Die Tür zu seinem Arbeitszimmer wurde aufgestoßen, und Christine stürzte herein. Hinter ihr der entsetzte Pierre LeBrun. Christine sah furchtbar aus. Ihr Kleid war schmutzig, ihre Haare zerzaust. Sie machte eher den Eindruck, als käme sie aus einer Anstalt für Verwirrte und nicht als wäre sie die neueste Favoritin des Königs. Als sie Louis sah blieb sie stehen. Dieser schaute sie überrascht an und fragte: „Bist du in den Schmutz gefallen, mon Amour?“ Christine antwortete:

„Nein, Majestät, ich bin hinein gestoßen worden und habe dabei meine Ehre, mein Gewissen und meine Seele verloren." Louis sah sie an. „Wie darf ich das verstehen?" D'Artagnan war aus seinem Stuhl aufgestanden und stellte sich hinter Louis. Christine ging nun ganz nah an den König heran. „Das dürft Ihr so verstehen, Sire, daß ich mich vom Mörder meines Verlobten habe besudeln lassen." Sie hielt Louis das Schreiben des Colonel de Fabrie vor. Louis las es kurz, sah Christine an und sagte dann verbindlich: „Aber meine Liebe, dafür gibt es bestimmt eine Erklärung." Christine spuckte dem König ins Gesicht. „Die gibt es, Sire - Ihr seid ein Mörder." Dann wandte sie sich um und rannte aus dem Zimmer. Pierre wollte ihr folgen, doch der König rief: „Laßt sie, das regeln wir später." Dann wischte er sich Christines Spucke aus dem Gesicht und bemerkte spöttisch zu Pierre: „Den Geschmack kannte ich schon." Er reichte Pierre den Brief und wies mit dem Finger auf denselben. „Wer ist das, dieser Colonel de Fabrie?" D'Artagnan gab die Antwort. „Gérard de Fabrie ist ein ehemaliger Musketier des Königs und heute ein hochdekorierter alter Soldat Eurer Armee, Sire." „Soso", entgegnete Louis, „und er verbreitet Lügengeschichten über seinen König. Laßt den Mann verhaften und erschießen, Pierre. Und was die junge Frau betrifft, laß sie auf ein Landschloß in den Süden bringen und solange unter Aufsicht, bis sie wieder bei Sinnen ist. Und, Pierre, laß diese Geschichte hier mit dem Brief richtigstellen. Der Colonel soll Entsprechendes unterschreiben – Ihr wißt schon." „Jawohl, Majestät", antwortete die Hofschranze eilfertig. Die beiden verließen das Arbeitszimmer ohne Gruß. D'Artagnan sah seinem König fassungslos nach.

Die Szene erinnerte an längst vergessene, ruhmreiche Tage. Nur daß diese drei ihre besten Jahre erkennbar schon hinter sich hatten. Der vom Leben Gezeichnete, ohne Furcht – Athos. Der riesenhafte Hüne, dessen alleiniger Anblick dem Gegner den eisigen Schauer des Schreckens einhauchte - Porthos. Der durch Einkehr und Demut geläuterte – Aramis. Die drei Männer kreuzten ihre Degen über den Köpfen und riefen, wie aus einem Mund: „Einer für Alle – und Alle für Einen".

Die junge Magd beeilte sich. Sie hatte viel zu erledigen und dafür wie immer viel zu wenig Zeit. Der Hofmeister teilte die Zeit der Küchenmägde wirklich knapp ein. Fast täglich wurde sie ausgeschimpft, obwohl sie doch nur versuchte, ihr Bestes zu tun. Eilig lief sie mit ihren Körben Richtung Markt. Schon von weitem sah sie das blaue Bündel auf dem Kiesweg liegen. Erst dachte sie, ein Ballen Stoff sei von einem Wagen gefallen. Aber beim Näherkommen erkannte sie, daß es ein Kleid war, das dort auf dem Weg lag. Als sie noch näher kam, erkannte sie, daß noch eine Person in dem Kleid steckte. Als sie bei dem Bündel angekommen war, ließ sie ihre beiden leeren Körbe fallen und fing an zu schreien. Sie schrie so laut und erbärmlich, daß die beiden um eine versteckte Ecke stehenden Turmwachen ihren Posten verließen und zu ihr eilten. Ihnen bot sich ein Bild des Entsetzens. Der leblose Körper einer jungen Frau lag vor ihnen. Wer sie war, konnte niemand sagen, denn ihr Gesicht war zerschmettert. Blut ergoß sich rund um ihren Kopf. Die Frau war ganz offensichtlich von der höchsten Zinne des Turmes gesprungen und hatte sich selbst das Leben genommen.

Die drei Männer ritten nebeneinander durch die Tore der Stadt. In ihren Gesichtern stand Entschlossenheit. Vor einem großen Brunnen zügelten sie ihre Pferde. „Heute Abend, Freunde. An diese Stelle bei Einbuch der Dunkelheit“, sagte Aramis, „bis dahin – kein Wort, zu niemandem.“ „Ich werde noch ein wenig ... innere Einkehr halten“, sagte Porthos. Aramis sah ihn streng an. „Porthos, Du magst am heutigen Tage Einkehr halten, bei wem Du willst, aber zügele Dich mit dem Wein. Wir alle brauchen heute einen klaren Kopf." Die Männer trennten sich. Porthos steuerte direkt eine der üblen Spelunken an, die man auch sein zweites Zuhause hätte nennen können. Er band sein Pferd vor dem Eingang an und trat in den Schankraum ein. Bei einem Blick auf die Tür kam ihm die unangenehme Erinnerung seiner letzten Begegnung mit dieser ausgezeichneten Arbeit eines Tischlers. Sofort wurde er auf das herzlichste begrüßt. „Porthos, mein Lieber, ich habe Dich schon vermißt." „Francine, mir ging es nicht anders", entgegnete Porthos seiner rothaarigen Freundin und griff ihr bestätigend an Ihr Hinterteil. Dann setzte er sich auf eine geräumige Bank. Sofort brachte Francine ihm einen großen Krug voll Wein. Zu ihrer Überraschung lehnte Porthos ab. „Nein, Francine, ich ... ich faste derzeit." Francine fing an zu lachen. „Ist Dir noch übel von gestern?" Porthos verneinte, und Francine brachte ihm ein Glas Wasser. Sie setzte sich neben ihn. „Sag, mein Freund, was ist mit Dir?" Porthos nippte voller Verachtung an seinem Wasser, blickte Francine tief in die Augen und sagte: „Meine Liebe, ich habe eine geheime Mission." Dann legte er seinen Finger beschwörend auf die Lippen, um das Geheimnis noch zu unterstreichen. Francine war beeindruckt. „Porthos, Du bist wirklich ein großer Mann." Bestätigend gab

Porthos ihr recht. „Ja, Francine, das stimmt.“ Sie umarmte ihn und gab ihm einen Kuß. Dann beugte sie sich vor und flüsterte in sein Ohr: „Sag, Porthos, liebst Du mich auch?“ Der Hüne hielt seine Lippen ganz dicht an ihr Ohr und antwortete: „Ja, Francine, Dich auch!“ Porthos nahm die Frau bei der Hand, und die beiden gingen in die obere Etage der Spelunke. Konzentriert bereitete Porthos sich dort auf die kommenden, schweren Stunden vor.

Monsieur de Natière, der Zeremonienmeister seiner Majestät, war nervös. In wenigen Augenblikken würde er dem König von Frankreich die detaillierten Pläne für den bevorstehenden Maskenball erläutern müssen. „Gewiß“, sagte er laut zu sich selbst, „noch sind etliche Wochen Zeit. Aber ich habe so unendlich viel zu bedenken.“ Eine Tür öffnete sich und Louis XIV. betrat in Begleitung von Pierre LeBrun das Zimmer. Der Zeremonienmeister und Pierre warfen sich vertraute Blicke zu. „Nun, mein Lieber“, sagte der König, „gewiß habt Ihr mir wieder ein perfektes Fest geplant.“ „Oh, ja, Majestät, zunächst wird alles dominiert von Masken. Masken, Masken, wohin Euer Auge blickt. Und das Wichtigste, sie müssen alle so sein, daß niemand zu erkennen ist – auch Ihr nicht, Majestät. Frauen können sich als Männer verkleiden und

Männer als Frauen.“ Der König wandte sich zu seinem Berater um. „Es scheint mir ganz so, als würde dies Euer Abend, mein lieber Pierre.“ Der König schmunzelte und wandte sich wieder seinem Zeremonienmeister zu. „Das ganze, mein Lieber, birgt eine Gefahr. Jeder Besucher muß auf das schärfste kontrolliert werden. Schon mehr als einmal trachtete man mir nach dem Leben. Besprecht alle Planungen mit dem Marschall der Garde.“ „Wie immer Ihr befehlt, Majestät.“ Der König und Pierre verließen den aufgeregten Zeremonienmeister. Auf dem Flur blieb der König stehen und sagte mit einem Ausdruck des Kummers: „Und an einem solchen Tag muß ich mich mit Festen befassen...“ Pierre antwortete beifällig: „Wie ertragt Ihr nur diese Last, Sire.“ „Ich hatte die große Liebe meines Lebens gefunden und nun ist sie tot. Aber wißt Ihr, was ich denke, Pierre? So werde ich sie immer schön und jung in meiner Erinnerung behalten. Seht Ihr, mein Lieber, alles was geschieht, hat auch seine guten Seiten. Wie ich hörte, geht es Ihrer Mutter und auch Ihrer Schwester nicht so gut. Sorgt dafür, daß sie ein wenig Geld bekommen und das Mädchen eine anständige Bestattung. Schließlich will der König von Frankreich nicht kleinlich sein.“ „Jawohl, Sire“, erwiderte Pierre LeBrun, und die beiden Männer gingen auseinander.

Befreiung

Niemand wußte, wann der arme Mann gestorben war. Aber er mußte schon lange auf der Straße gelebt haben, denn sein Erscheinungsbild war äußerst ungepflegt. Seine langen, zotteligen Haare und sein ausgeprägter Bartwuchs konnten den Jüngling, der er an Jahren war, dennoch nicht verbergen. Aramis stand direkt vor dem Leichnam und bekreuzigte sich. Der Priester in ihm hoffte, daß dieser Mann zu Lebzeiten ein gottesfürchtiges Leben geführt hatte und seine Seele nun nicht in der Hölle schmoren mußte. Aber fraglos spielte das für seine weitere Verwendung auch keine Rolle. Er gab dem kleinen, buckligen Leichenwäscher, der ihn eingelassen hatte, drei blitzende Geldstücke und einen Zettel, auf dem zu lesen stand, wohin der Leichnam zu bringen war. Der kleine Mann sah Aramis aus einem unangenehmen, mit Runzeln übersähten Gesicht gierig an. Seine kleinen Augen funkelten böse. Er sagte zu Aramis: „Gewiß, Monsieur, braucht Ihr jenen Leichnam für medizinische Forschungen?" Aramis sah sein Gegenüber gleichgültig an. „Ihr habt erhalten, was Ihr verlangt habt, und mehr braucht Euch nicht zu interessieren." Aramis wandte sich ab, und der kleine Mann huschte eilfertig an ihm vorüber, um ihm die Tür zu öffnen. Aramis würdigte ihn keines Blickes mehr und verließ dieses Haus des Todes.

Porthos hatte sich von Francine verabschiedet. Er bestieg sein Pferd und ritt zum vereinbarten Treffpunkt. Die vergangenen Stunden hatten ihm Freude bereitet. Doch nun war er ernst und entschlossen. Mit eiligen Schritten lenkte er sein Pferd in Richtung der Schmiede, in der er schon seit vielen Jahren seine Waffen bearbeiten ließ. Als er dort ankam, begrüßte ihn der alte Schmied mit einem freudigen Lachen. „Monsieur Porthos, es ist mir eine Ehre." Porthos betrat die Schmiede und der Meister zeigte ihm voller Stolz seine Arbeit. Porthos war angenehm überrascht. Vor ihm lag das getreue Abbild der Maske, die er erst vor kurzem am Kopf des Gefangenen gesehen hatte. Der Schmied hatte ganze Arbeit geleistet. Die Zeichnung, die Aramis von der Maske angefertigt hatte, war exakt getroffen. Porthos lachte zufrieden. „Meister Gaston, eine wirklich wunderbare Arbeit, die Ihr hier gefertigt habt." Er kannte den alten Schmied schon lange. Dieser stellte keine Fragen, sondern übergab Porthos die Maske wortlos. Dieser verstaute sie in der ledernen Tasche, die eigentlich die Instrumentarien eines Arztes beinhalten sollte und verließ die Schmiede.

Athos ritt die Straße entlang. Sein Gesicht war von Entschlossenheit gekennzeichnet. Als er bei einem Gasthaus um die Ecke bog, sah er schon seine beiden Freunde. Sie trafen zusammen und stiegen von ihren Pferden. Nach einer kurzen Begrüßung betraten sie ein kleines, windschiefes Haus, dem der Zahn der Zeit schon deutlich zugesetzt hatte. Die drei hatten Mühe, sich an die Dunkelheit zu gewöhnen, denn der Raum, in dem sie standen, war nur vom fahlen Schein einer Kerze weniger als spärlich erhellt. „Da liegt er," sagte Aramis und deutete auf einen Tisch vor seinen Freunden. Auf dem Tisch lag der Leichnam, den Aramis wenige Stunden vorher besorgt hatte. Porthos nahm die von Meister Gaston gefertigte Maske aus seiner Tasche und legte sie dem Toten an. Athos öffnete seinen weiten Umhang, die beiden anderen Freunde hoben gemeinsam den Leichnam an und banden ihn an Athos fest. Dieser verzog dabei keine Miene. Als sie Athos Umhang wieder schlossen, hatte dieser den Leibesumfang von Porthos deutlich überschritten. Eigentlich wollte Porthos darüber eine Bemerkung machen, doch er verkniff sie sich. Die drei Freunde verließen das Haus und begaben sich zu ihren Pferden. Athos konnte nur mühsam aufsteigen, doch er schaffte es aus eigener Kraft. Dann ritten sie los, um ihre Mission zu erfüllen.

Der Gefangene war nervös. Er hörte Schritte und wußte, jetzt war es soweit. Die Stunde seiner Befreiung war gekommen. Nun durfte er keinen Fehler machen. Er mußte sich wieder an alles erinnern, was die Männer, die ihn vor einigen Tagen aufsuchten, ihm gesagt hatten. Er ging in seiner Zelle einige Schritte zurück und legte sich mit seinem Oberkörper halb auf sein Bett, seine Beine ließ er auf den Boden sinken. In diesem Augenblick öffnete sich die Tür. Der Wärter kam in Begleitung von drei Männern herein, wovon bei Zweien ihr opulenter Leibesumfang besonders auffiel. „Du hast wieder Besuch", sagte der Wärter zu dem Gefangenen. Dieser rührte sich nicht. Der Wärter war erstaunt, er sah zu Porthos und sagte: „Seit Eurem letzten Besuch, Monsieur, ist er immer stiller geworden. Und seit gestern hat er auch nichts mehr gegessen." Porthos trat einen Schritt vor, kniete sich vor den Gefangenen hin und nahm dessen Hand. Ernst sah er seine beiden Begleiter und den Wärter an. „Ich glaube, Messieurs, es ist mit ihm zu Ende gegangen." Der Wärter erschrak und sah Aramis an. „Monsieur ... Was soll ich tun?" Aramis antwortete: „Geht und holt noch zwei Männer vom Wachtrupp. Wir werden schauen, ob wir ihm noch helfen können." Der Wärter nickte, das Blut war aus seinem Gesicht gewichen und er verließ die Zelle. Schnell schloß Aramis die Tür. Nun war

Eile geboten, sie würden nur einige Augenblikke alleine bleiben. Athos öffnete seinen Umhang und seine beiden Freunde banden ihm den unbekleideten Leichnam ab, der um ihn geschlungen war. Der Gefangene war von seinem Lager aufgesprungen und betrachtete fasziniert den Kopf des Toten, den ein identisches Abbild der eisernen Maske umschloß, die auch sein Antlitz umhüllte. Athos faßte den Gefangenen am Arm. „Wir haben keine Zeit. Schnell, leg Deine Kleider ab." In aller Eile zog der Gefangene sich aus, und Porthos streifte die abgelegten Kleider dem mitgebrachten Toten über. Athos hob seinen Umhang mit beiden Händen an, und Aramis befahl dem Gefangenen, sich ebenso um Athos Leib zu schlingen, wie er es zuvor bei dem Leichnam gesehen hatte. Porthos positionierte derweil den Toten in die Lage, die zuvor der Gefangene eingenommen hatte. Da hörten sie auch schon die Schritte des Wärters und des mitkommenden Wachtrupps. Athos schloß noch schnell seinen Umhang und Aramis zischte: „Und nun keinen Laut mehr." Da öffnete sich die Tür. Der Wärter und zwei Uniformierte betraten die Zelle. Der Wärter fragte mit sorgenvoller Stimme: „Nun, Messieurs?" Porthos erhob sich und sah den Wärter an. Er schwieg einige Sekunden und sagte dann: „Hier gibt es nichts mehr für die ärztliche Kunst zu tun. Euer

Gefangener ist tot." „Woran ist er gestorben?" fragte der Wärter. Aramis ergriff das Wort und sagte: „Vielleicht war seine Zeit gekommen. Wir sind alle in der Hand des Herrn." „Monsieur, wollt Ihr bleiben bis die Papiere soweit fertig sind?", fragte der Wärter. „Das wird nicht nötig sein", entgegnete Athos schnell, „für diesen Fall gibt es doch sicherlich Weisungen." „Das ist wahr", entgegnete der Wärter und gab den beiden Uniformierten den Befehl, die Tür freizugeben. Die drei Musketiere verließen die Zelle. Athos spürte das Herz des Gefangenen auf der Höhe des seinen schlagen. Langsam und ohne den Eindruck besonderer Eile zu erwecken verließen die drei das Gefängnis. Als sie das letzte Tor durchschritten hatten, das sich unvermittelt hinter ihnen wieder schloß, flüsterte Athos: „Nun bist Du frei." Die drei Freunde bestiegen ihre Pferde und ritten in die Richtung, in der Athos Haus lag.

Der König befand sich in seinen Privatgemächern, als er die Nachricht erhielt. Pierre überbrachte ihm einen Brief und eine schmucklose, hölzerne Schachtel. „Majestät, dies wurde soeben aus der Bastille an Euch geschickt mit dem Hinweis, es geschehe auf Euren ausdrücklichen Befehl." Louis betrachtete die Schachtel mit einer Mischung aus Freude und Abscheu.

„Laßt mich allein, Pierre“, sagte er, den Blick an den Überbringer gerichtet. Dieser antwortete: „Jawohl, Majestät“, und verließ den Raum. Wieviele Jahre hatte Louis über diesen Moment nachgedacht, den er ohne Zweifel hatte kommen sehen, und wie oft hatte er sich gefragt, was er wohl empfinden würde. Wäre es Trauer, wäre es Freude? Louis ging einige Schritte vorwärts und nahm den Brief. Er öffnete ihn und las die Todesnachricht. Gemäß seinem Befehl war der Leichnam verbrannt und die Asche in die Seine geschüttet worden. Louis kam der Kiste vorsichtig näher. Mit zitternden Händen öffnete er sie und sah wie gebannt hinein. Dort lag sie, die eiserne Maske. Louis faßte sie an und hob den das Gesicht bedeckende Teil heraus. Er wandte sie um, sah hinein und sagte leise zu sich selbst: „Darin warst Du also verborgen.“ Vorsichtig führte er die Maske an sein Gesicht. Er spürte in sich ein Feuer brennen. Er wußte, daß von allen seinen ruchlosen Taten diese die schlimmste gewesen war. Für einen kurzen Augenblick konnte der König das Leid und den Schmerz des Gefangenen spüren. Nie fühlte er sich ihm so nahe, wie in diesem Moment. Den König packte das Grauen. Entsetzt ließ er die Maske fallen, die mit einem Scheppern auf ihre andere Hälfte zurück in die Kiste fiel. Hastig schloß er den Deckel des Behälters und wandte sich schwer atmend ab. So hatte er sich das nicht vorgestellt. Diese Gefühle und Gedanken, die er soeben erlebt hatte, wollte er nie wieder spüren. Er ging zur Tür und rief nach Pierre. Als dieser eintrat, sah der König ihn an und sagte: „Pierre, Ihr werdet diese Kiste und ihren Inhalt verschwinden lassen und zwar so, daß sie nie wieder das Licht des Tages erblicken werden.“ „Jawohl, Sire.“ Louis nahm den Brief, den er erhalten hatte, machte einige Schritte in Richtung einer Kerze und zündete den Brief mit der Todesnachricht an. Versonnen sah er einige Sekunden, wie das Feuer die Schrift zerfraß. Dann warf er die Reste des Papiers auf einen silbernen Teller und wandte sich erneut an Pierre, der eben mit der Kiste den Raum verlassen wollte. „Ach, und noch etwas, geht zu meiner Mutter und sagt ihr, daß ER gestorben ist. Sie weiß dann schon ...“ „Jawohl, Sire.“ Pierre verließ den Raum, und der König war alleine. Kraftlos ließ er sich in einen Sessel fallen und blickte ins Nichts. Aus seinem Auge lief eine Träne.

Athos nahm ein schweres Eisen zur Hand. Porthos hielt die eiserne Maske fest in seinen Händen. Er hörte den Gefangenen darin schwer atmen. Aramis nahm seine Hand und sagte: „Es ist gleich vorbei, gleich seid Ihr frei.“ Athos setzte das Eisen an der seitlichen Naht der Maske an. Sie begann sich leicht zu bewegen. Mit all seiner Kraft bog er die Eisenklammern auseinander. Dann folgte ein dumpfer Ton. Die Klammern waren zerbrochen. Der hintere Teil der Maske fiel ab und landete auf dem Boden. Sein wallendes braunes Haar fiel dem jungen Mann vor ihnen wie ein Tuch auf seine Schultern. Es war verklebt von Fett und Schweiß und völlig verfilzt. Der Gefangene neigte seinen Kopf nach vorne und die Maske, die das Gesicht bedeckte, fiel ebenfalls ab. Er riß seinen Kopf wieder nach oben und atmete tief durch. Vorsichtig hob er eine Hand und berührte sein Gesicht. Es war ein sonderbares Gefühl für ihn, denn er berührte einen Teil von sich, den er schon seit vielen Jahren nicht mehr hatte anfassen können. Was er fühlte, waren Haare. Ein Bart bedeckte die untere Hälfte seines Gesichtes vollständig. Athos rief nach Marie-Louise und die junge Magd brachte, wie abgesprochen, eine Schüssel mit warmem Wasser und ein Rasiermesser herein. Porthos drehte den jungen Mann zu sich um und begann, ihn zu rasieren. Aramis und Athos sahen ihm dabei gebannt zu. Porthos verdeckte bei seiner Arbeit mit seinem massigen Leib vollständig das Gesicht des jungen Mannes. Seine Hände gingen kunstfertig mit dem Rasiermesser um. Lage um Lage entfernte er den Bart. Als er fertig war, trocknete er das Gesicht des so Rasierten mit einem Tuch ab und trat einen Schritt zurück. Das Erstaunen stand den drei Musketieren im Gesicht. Ohne ein Wort zu sagen starrten sie ihr Gegenüber an. Sie blickten in ein ihnen wohl bekanntes Gesicht. Es war das des Königs.

D'Artagnan hörte ein tiefes Schluchzen, als er an der Kapelle vorbeiging. Er betrat das kleine Gotteshaus und vor ihm stand Anne, die Mutter des Königs im Gewand einer Trauernden. In ihrer Hand hielt sie eine dunkelrote Rose. Ihr Gesicht war von einem Schleier bedeckt. D'Artagnan sah dennoch, daß sie weinte. „Was ist mit Dir?", fragte D'Artagnan besorgt. „Ich habe heute zum zweiten Mal jemanden verloren, den ich mehr liebte, als mich selbst." D'Artagnan wußte mit dieser Antwort nichts anzufangen. Aber bevor er nachfragen konnte, bat Anne ihn, sie allein zu lassen. Nachdem D'Artagnan gegangen war, kniete Anne vor dem kleinen Altar nieder, legte die Rose ab und sagte: „Herr, ich bitte Dich um Vergebung. Nimm seine Seele gnädig auf ..." Die restlichen Worte versanken erneut in einem tiefen Schluchzen.

Der junge Mann sah in die Gesichter seiner Befreier und registrierte belustigt das Erstaunen darin. „Warum schaut Ihr mich so an?", fragte er die drei. Als er das gesagte hatte, bemerkte er voller Verwunderung, daß zum ersten Mal seit vielen Jahren seine eigenen Worte nicht mit tönernem Hall an seine Ohren drangen. Keiner der drei Angesprochenen wollte antworten. Da ergriff Aramis das Wort. „Nun, Ihr seht jemandem, den wir kennen, sehr ähnlich.“ „Und wer ist dieser Jemand?“, fragte der junge Mann. „Ihr seid dem König von Frankreich wie aus dem Gesicht geschnitten“, antwortete Porthos. „Dem ... König von Frankreich?“ Dem jungen Mann war seine Verwunderung deutlich anzumerken. „Ja“, antwortete Aramis bestimmt, „und dies hat auch seinen Grund. Ihr seid sein Bruder, Monsieur. Genauer gesagt, sein Zwillingsbruder. Euer Name ist Phillippe.“ Der junge Mann lehnte sich zurück und wiederholte: „Ich soll der Zwillingsbruder des Königs sein?“ Er konnte das Gehörte nicht fassen. Aramis trat näher und sagte: „Es ist so, wie ich Euch gesagt habe. Ihr könnt meinen Worten Glauben schenken.“ Aramis zog einen Stuhl näher und setzte sich neben Phillippe. Auch Porthos und Athos nahmen Platz. Phillippe sah sie nacheinander an. „Messieurs, ich bin Euch zu Dank verpflichtet. Aber was Ihr mir hier erzählt, ist ganz und gar unmöglich. Ich bin ein Waisenjunge und wuchs in der Obhut eines Klosters auf. Mein Name ist Marcel Boulon. Vor einigen Jahren ...“ „Vor sechs Jahren“, warf

Aramis ein und seine beiden Freunde sahen ihn erstaunt an. „Die Zeit vermag ich nicht mehr genau zu wissen. Aber wenn Ihr es sagt, Monsieur", setzte Phillippe seine Rede fort, „vor sechs Jahren also kamen uniformierte Männer und brachten mich fort in ein Gefängnis. Dort legte man mir jene grauenhafte Maske um meinen Kopf, die ich bis heute tragen mußte, bis Ihr, meine Freunde, mich befreit habt. Und nun erzählt ihr mir, ich sei der Zwillingsbruder des Königs?" „Aber genau darum mußtet Ihr doch diese Maske tragen", rief Athos und sprang auf. Er konnte seine Erregung nicht mehr unterdrükken. „Weil dieser despotische Bastard auf Frankreichs Thron Euch fürchtete. Weil Euer Anrecht auf die Herrschaft genauso besteht, wie die seine. Ich habe, ebenso wie meine Freunde, dem König von Frankreich die Treue geschworen und meinen armen Sohn der Obhut seiner Armee anvertraut. Und nun muß ich erfahren, daß ich dem falschen Mann die Treue schwor." „Sire, ..." Athos wandte sich um und sah Phillippe ernst an. „Von nun an gehört meine Treue Euch wie auch mein Leben. Denn Ihr seid Frankreichs wahrer König."

Louis traf seine Mutter nicht oft. Selten suchte er ihre Gesellschaft, noch seltener sie die seine. Für dieses Zusammentreffen jedoch hatten beide einen triftigen Grund. Der ihre war Aufklärung, der seine war Verschleierung und Lüge. Anne sah ihren Sohn mit Ernst in den Augen an. „Woran ist er gestorben, Louis?“ „Er bekam eine unerklärliche Krankheit, Mutter. Ich schickte die besten Ärzte zu ihm, doch auch diese konnten ihm nicht mehr helfen. Aber zuletzt ist mein Bruder sanft eingeschlummert. Er hatte einen leichten Tod.“ Anne hatte keine Kraft mehr. Sie ließ sich in einen Sessel sinken. „Mutter, bedenkt, ebenso gut hätte ich an seiner Stelle sein können. Schließlich überließ es unser Vater dem Schicksal, welcher der beiden Brüder dereinst Frankreich regieren sollte und welcher in klösterlicher Abgeschiedenheit das einfache Leben eines frommen Mannes führen würde.“ „Ja, Louis, ich weiß“, seufzte Anne. „Und es ist ihm wirklich gut gegangen?“ „Aber Mutter, natürlich“, log Louis infam weiter, „er ist schließlich von meinem eigenen Fleisch und Blut gewesen.“ Anne hob nur leicht ihren Arm. Zu einer stärkeren Regung war sie nicht mehr fähig. „Mutter, ich lasse Euch nun alleine.“ Als er sich eben zur Tür begeben wollte, wandte der König sich noch einmal um und blickte seine Mutter an. „Sagt, Mutter, eins würde ich gerne noch erfahren. Was ist aus jenem Priester geworden, der damals meinen Bruder mit sich fort nahm?“ Anne sah ihrem Sohn tief in die Augen. „Er ist vor vielen Jahren gestorben.“ Beruhigt verließ Louis seine Mutter. Er wäre weniger beruhigt gewesen, wenn er gewußt hätte, daß sie ihn belogen hatte.

Phillippe schlief tief und traumlos. Er wachte früh am Morgen auf und verließ, als alle anderen noch schliefen, leise das Haus, um am ersten Morgen seiner Freiheit den jungen Tag zu begrüßen. Als er auf die kleine Wiese hinter Athos Haus kam, stellte er fest, daß er nicht alleine war. Auch der Hausherr war schon aufgestanden. Athos saß auf einem Stuhl und beobachtete am Firmament, wie die Sonne aufging. „So früh seid Ihr schon auf, Athos?“ „Ich kann nicht mehr schlafen, Majestät, und ich will es auch nicht.“ „Ich bin keine Majestät“, erwiderte Phillippe. Athos sah ihn an. „Doch, das seid Ihr. Und so will ich Euch auch nennen.“ Phillippe überging diese Bemerkung und setzte sich neben Athos. „Sagt, Monsieur, warum könnt und wollt Ihr nicht mehr schlafen?“ „Euer Bruder hat mir meinen Sohn genommen. Damit nahm er mir mein Leben. Nun will ich es mir zurückholen, indem ich Euch Gerechtigkeit widerfahren lasse. Dazu aber müßt Ihr das meiste tun. Ihr müßt lernen, Euch wie ein König zu benehmen, Ihr müßt die höfischen Sitten erlernen ebenso wie die höfische Konversation. Aber was noch viel wichtiger ist, Ihr müßt lernen, ein gerechter

König zu sein." „Was aber, mein lieber Freund, ist, wenn ich gar kein König sein will?" „Diese Frage stellt sich nicht, Majestät." Die Stimme kam aus seinem Rücken. Er wandte sich um und erkannte Aramis. „Ihr habt viel erdulden müssen in Eurem Leben, Phillippe, Ihr wurdet Eurer Jugend beraubt und Eures Geburtsrechts. Eure Freiheit wurde Euch genommen, und Ihr mußtet viele Jahre in grausamer Gefangenschaft erdulden. Nun könntet Ihr sagen, wir verlangen zu viel von Euch. Dann müßte ich Euch antworten, Phillippe, König zu sein ist nicht nur Euer Recht von Geburt an, es ist auch Eure Pflicht. Es ist eine Gnade und eine Last. Unter all den tausenden von jungen Männern, die im gleichen Jahr wie Ihr geboren worden sind, hat Gott der Herr es in seiner Gnade bestimmt, daß Ihr dereinst über Frankreich herrschen sollt - als gerechter und weiser König. Zudem, Phillippe, ist es auch Euer natürliches Recht, denn Ihr seid Eures Vaters erstgeborener Sohn." Athos und Phillippe sahen sich überrascht an. Auch Porthos war zwischenzeitlich zu der Runde dazugestoßen. Er trug nur eine Hose und darüber noch das Nachthemd. Seine zerzausten Haare wehten im Wind. Porthos sah Aramis tief in die Augen und fragte mit ernster Ruhe: „Woher weißt Du das, Aramis?" Aramis legte die Hände auf den Rükken, wandte sich von seinen beiden Freunden und von Phillippe ab und antwortete: „Weil ich jener Priester war, der Euch fortbrachte, Phillippe. Ich war in jener Nacht dabei, als Ihr und Euer Bruder geboren wurdet." „Dann seid Ihr also verantwortlich für mein Schicksal", rief Phillippe aufgebracht. Aramis wandte sich um und sah Phillippe an. „Nein, ich bin nur dafür verantwortlich, daß Ihr noch lebt. Denn als Euer Vater erfuhr, daß Eure Mutter Zwillinge geboren hatte, bestimmte er einen von beiden dazu, zu sterben. Und so mußte gehandelt werden. Ich konnte Euren Vater überzeugen, Euch nur fortbringen zu lassen. Fort an einen Ort, der Euch wenigstens ein Leben in Ruhe und Frieden verheißen sollte. Es wußten nur wenige Menschen von Eurer Existenz: Euer Vater, Eure Mutter, wenige Vertraute bei Hofe, die alle schon tot sind - und ich. Euer Bruder erfuhr erst von Eurer Existenz, als er den Thron schon bestiegen hatte. Er wußte, wenn ihn eine Gefahr bedrohte, dann ward Ihr diese Gefahr. So ließ er Euch in Euer Gefängnis bringen und Euch auch jene grausame eiserne Maske anlegen. Ich brauchte Jahre, bis ich schließlich herausfand, was mit Euch geschehen war." „Und warum fiel die Wahl auf mich?" fragte Phillippe mit Zittern in seiner Stimme, „Warum ausgerechnet auf mich?" „Ebensogut hätte man eine Münze werfen können, um das weitere Schicksal der beiden

Neugeborenen zu entscheiden. Des Königs Weisung war, daß nur ein Sohn ihm auf dem Thron folgen konnte und sollte. Euren Vater umtrieb die Sorge, daß nach seinem Tod in Frankreich ein Krieg ausbrechen würde um die rechtmäßige Nachfolge. Ein Krieg zwischen zwei eigentlich gleichberechtigten Brüdern. So wählte ich ein Kind aus. Ich mußte es tun, es war mein Schicksal." Erschöpft setzte Aramis sich seinen Freunden gegenüber. Phillippe nahm Aramis Hand und antwortete ihm: „Was Ihr getan habt, Monsieur, habt Ihr recht getan. Mehr stand nicht in Eurer Macht. Ich verdanke Euch mein Leben. Nicht einmal, sondern zweimal. Denn mein Bruder hätte mich in meinem Gefängnis sterben lassen." „Seht Ihr, Phillippe, Sire, das ist der Punkt." Athos sprang auf. „Louis hätte Euch sterben lassen, wie er Frankreich sterben läßt. Louis zettelt ungerechte Kriege an, die seine Armeen ins Verderben führen, derweil sein Volk verhungert. Louis feiert rauschende Feste, obwohl er des Unheils auf den Straßen angesichtig ist. Louis ist sich selbst der nächste, und seine Untertanen liebt er nicht. Er ist ein Fluch für Frankreich - und nur einer kann den Bann dieses Fluches brechen. Dieser eine seid Ihr - Phillippe, König von Frankreich." Phillippe war von Aramis und Athos Rede ergriffen. „Vielleicht habt Ihr recht, Messieurs. Aber ich habe nicht gelernt, ein König zu sein." „Was Ihr lernen müßt, Majestät", und Aramis betonte dieses Wort besonders, „das werden wir Euch beibringen. Ihr bleibt solange bei Athos, bis Eure Stunde gekommen ist. Er wird Euch unterrichten. Dann werden wir den Tag auswählen, an dem Ihr Euren von Gott bestimmten Platz einnehmen sollt. Glaubt mir, Sire, was Ihr tut, das geschieht für Frankreich und die ewige Treue, die Treue bis in den Tod, die wir der Krone geschworen haben, die gilt Euch, Majestät." Phillippe wurde von seinen Gefühlen übermannt. Tränen flossen aus seinen Augen. Die vier Männer standen auf und hielten sich an ihren Händen. Drei von ihnen waren des Königs treueste Musketiere, der vierte Frankreichs wahrer Herrscher.

D'Artagnan will seinen König retten.

Louis ist in Athos Hand.

D'Artagnan verteidigt seinen König.

D'Artagnan ist entsetzt, als er von den Machenschaften des Königs erfährt.

Die Musketiere im Angesicht des Feindes.

EINER FÜR ALLE – ALLE FÜR EINEN.

Louis versucht sich zu retten.

Die Musketiere kämpfen in der Bastille.

Die Musketiere in ihrem letzten Gefecht.

Aramis steht einer Übermacht von
Feinden gegenüber.

Die Freunde verlassen D'Artagnans Begräbnis.

Die drei Freunde befreiten Philippe heldenhaft.

Lehrzeit

Phillippes Ausbildung begann noch am gleichen Tage. Da Athos ein in vielen Schlachten erprobter, wackerer alter Recke war, wußte er, daß nichts so sehr den Charakter eines jungen Menschen bildet, wie die ehrenhafte Auseinandersetzung im Kampf. Phillippes erste Schulung galt also dem Fechten. Athos nahm seinem Schüler gegenüber Aufstellung und zeigte ihm die grundlegenden Haltungen. Phillippe mühte sich, aber er war ungelenk, denn noch nie in seinem Leben hatte er eine Waffe geführt. Zwei- oder dreimal kreuzten sich die Klingen, dann ließ Phillippe schon entmutigt seinen Degen sinken, sah Athos an und sagte: „Ich glaube, mein Freund, das lerne ich nicht mehr.“ Athos trat auf Phillippe zu, legte diesem seinen Arm um die Schulter, und so gingen die beiden ein Stück. Athos wies mit seinem Degen in den Himmel, wo gerade ein Habicht würdevoll seine Kreise zog. „Schaut Majestät, schaut diesen Vogel an. Klein und ohne Gefieder schlüpft er aus seinem Ei. Niemand hat ihm gesagt, daß er fliegen kann, und hätte er Verstand, solche Worte zu verstehen, dann würde er vielleicht niemals versuchen zu fliegen. So aber weiß er es nicht, und eines Tages, wenn seine Flügel ihm gewachsen sind, erhebt er sich aus seinem Nest, breitet machtvoll seine Schwingen aus und ... er fliegt. Weil es seine natürliche Gabe ist.“ Er sah Phillippe tief in die Augen. „Schaut in Euer Herz. Dort, tief in Euch wißt Ihr, daß Ihr all das könnt, was ich von Euch fordere, daß Ihr Eurer Furcht widerstehen könnt und daß Ihr lernt.“ Athos warf Phillippe einen Degen zu. „Und nun noch einmal engarde, Sire.“ Phillippe spürte, wie Athos' Worte ihn ergriffen hatten. Fest nahm er den Degen in die Hand und sie kreuzten die Klingen erneut. Natürlich war Athos der überlegene Fechter, aber Phillippe wehrte sich mit Mut und Geschick. Ein ums andere Mal wich er aus, und nach einer Weile ließen sich beide lachend ins Gras fallen. „Sagt, Athos, Fechten alleine macht aber noch keinen König.“ „Das ist wahr“, erwiderte Athos, „der Kampf alleine macht in der Tat aus keinem Mann einen König. Denn ein König kämpft nicht selbst. Seine Männer kämpfen für ihn. Soldaten, deren Beruf das Kämpfen ist, gehören seinen Armeen an ebenso wie Bauernburschen. Der König muß wissen, daß er durch ihren Arm kämpft, daß jedesmal, wenn einer der seinen getroffen wird, es auch ein Schnitt in den Leib des Königs ist, daß jedesmal, wenn einer der seinen stirbt, er es für seinen König und sein Land tut. Ihr, Majestät, tragt für alle die Verantwortung. Ihr seid auch der Herr über Leben und Tod. Denn der Krieg bringt vieltausendfache Trauer über die Familien Eurer Soldaten. Darum muß der König stets bedenken, daß sein Krieg ein gerechter sein muß." Phillippe schwieg eine Weile, dann antwortete er Athos. „Niemals würde ich einen Krieg aus Eitelkeit führen. Ich könnte es nicht ertragen, zu wissen, daß Frankreichs Beste sterben, um meiner Schwäche willen." Athos war stolz auf Phillippe. Er spürte eine seltsame, ruhige Kraft, die von diesem jungen Mann ausging. Jetzt war der alte Musketier ganz sicher, daß Phillippe ein guter König sein würde.

Die Vorbereitungen für den Maskenball waren in vollem Gange. Louis besprach sich mit D'Artagnan. „Nun, was glaubt Ihr. Werden wir mit Schwierigkeiten zu rechnen haben?" „Sire, das kann leider niemand ausschließen. Aber Ihr wißt, ich werde an Eurer Seite sein und über Euch wachen." „Der Gedanke ist außerordentlich beruhigend, mein lieber D'Artagnan, aber laßt dennoch alle Vorkehrungen treffen und versetzt die Männer Eurer Garde in Alarmbereitschaft." „Das hatte ich für diesen Tag schon vorgesehen." „Etwas anderes beschäftigt mich noch", sagte Louis, „noch immer höre ich nichts von Eurem Freund, dem Jesuiten und seinem Auftrag." „Sire, wenn Aramis etwas in

Erfahrung gebracht hätte, hätten wir schon ...“ „Das mag ja sein, aber wie lange will er sich Zeit lassen, einen Auftrag des Königs auszuführen? Nun ja, ich gebe ihm noch eine letzte Frist bis nach unserem Fest. Wenn Ihr bis dahin keine Nachricht von ihm habt, so greift zu anderen Mitteln.“ „Was versteht Ihr unter anderen Mitteln, Sire?“ „Nun, D‘Artagnan, ich habe mich doch nicht so mißverständlich ausgedrückt. Ihr braucht in solchen Dingen etwas mehr Phantasie. Viele der Glaubensbrüder Eures Freundes sind doch Heilkundige.“ „Das stimmt, Sire.“ „Nun, ganz einfach, sucht Euch eine Handvoll aus, bezichtigt sie der Zauberei, droht ihnen eine hochnotpeinliche Befragung an und Ihr werdet sehen, wie Euer Freund sich plötzlich sputen wird, die Befehle seines Königs auszuführen.“ „Aber Majestät“, wieder einmal war D‘Artagnan entsetzt über seinen König. Louis drehte sich um und sagte barsch zu D‘Artagnan: „Habt Ihr mich nicht verstanden, Monsieur? Oder wollt Ihr etwa einen Befehl Eures Königs verweigern?“ D‘Artagnan sah nach unten und erwiderte: „Nein, Sire, ich habe Euch verstanden.“ „Also, D‘Artagnan. Beim nächsten Mal erwarte ich, daß Ihr selbst auf solche Ideen kommt.“ Der König wandte sich ab und blickte zu den jungen Damen, die zu seiner Linken standen. Lachend hakte er zwei von ihnen unter und ging. Die übrigen umstehenden Damen folgten ihm nach. D'Artagnan blieb allein zurück. Lange schaute er seinem König nach. Jeden Tag wurden die Zweifel an seinen König in ihm größer.

Phillippe und Athos saßen sich bei Tisch gegenüber. Vor ihnen standen leckere Speisen und edler Wein in prunkvollen Gläsern. Sie übten das gesittete Benehmen bei Tische. Phillippe nahm ein Glas und versuchte, Athos mit einem Hauch von Eleganz und königlicher Zurückhaltung auf sein Wohl anzustoßen. Das Glas entglitt seinen Händen, fiel zu Boden und zersprang in tausend kleine Splitter, die sich auf den hölzernen Dielenbrettern verteilten. Enttäuscht lehnte Phillippe sich zurück. „Das lerne ich nie." Athos beugte sich vor. „Doch Majestät, das werdet Ihr lernen. Ihr dürft nicht verzweifeln. Macht die Bewegungen einfacher oder, wenn Ihr unsicher seid, unterlaßt sie ganz einfach." Als sie gerade ein zweites Mal üben wollten, betraten Porthos und Aramis das Haus ihres Freundes. „Wir müssen uns besprechen", sagte Aramis und nahm am Tisch Platz. Porthos setzte sich neben ihn und sah mit großem Vergnügen auf die bereitstehenden Teller. „Was geschieht denn mit dieser leckeren Mahlzeit?" Phillippe schmunzelte, wies auf seinen Teller und sagte zu Porthos: „Wenn Ihr mögt?" „Ja, sehr gern, Phillippe, ehem,

Majestät, meine ich.“ Aramis war aufgeregt und begann zu erzählen: „Bei Hofe wird es einen Maskenball geben. Das ist, wie ich glaube, die beste Gelegenheit, Euch, Majestät, gegen Euren Bruder auszutauschen. Wir werden uns Kostüme nähen lassen und verkleidet diesen Maskenball besuchen. Ihr müßt so unauffällig wie möglich sein, Majestät. Während Porthos und ich uns Louis bemächtigen, sorgst Du dafür, Athos, daß niemandem etwas auffällt.“ Athos sah Phillippe an. „Ich werde immer an Eurer Seite sein, Majestät.“ „Porthos, wer sonst, hat aufgrund bestimmter persönlicher Umstände einen guten Kontakt zu einer gewissen jungen Dame in der Hofschneiderei. Diese junge Dame fertigt unsere Kostüme für diesen Maskenball“, erläuterte Aramis weiter. Er blickte zur Seite auf seinen essenden Freund. „Und Du, Porthos, hattest noch eine besondere Idee.“ „Das ist wahr“, erwiderte Porthos und blickte in die Runde. „Ich besuchte heute Meister Gaston, den besten Schmied in Paris. Er fertigt schon seit Jahren meine Degen. Ich gab ihm den Auftrag, uns kleine handliche Abbilder jener Maske zu fertigen, die Euch, Majestät“, dabei sah er Phillippe an, „so lange quälte. Ich habe auch jene Maske, die Ihr getragen habt, Majestät, wieder herrichten lassen.“ „Wofür das?“, fragte Phillippe entsetzt. „Für Euren Bruder, Majestät“, erwiderte Aramis.

„Nein“, rief Phillippe, „das werden wir nicht tun. Niemand soll dieses grausame Schicksal erdulden müssen.“ „Majestät“, antwortete Aramis ruhig, „wir werden keine andere Wahl haben, als so zu handeln. Sei es, wir töten Euren Bruder.“ „Nein, das auch nicht.“ Phillippe war zutiefst betroffen. „Er ist mein eigen Fleisch und Blut.“ „Das ist wahr, Majestät. Doch bedenkt: wenn einer nach dem Austausch das Gesicht von Louis sieht, wird ein Streit entbrennen, wer auf dem Thron Frankreichs sitzt. Euer Vater hat dieses Unglück entfacht und nun ist es nicht mehr aufzuhalten. Louis muß an Eurer Stelle jene Maske tragen und damit das Schicksal, das er eigentlich Euch zugedacht hatte, erdulden. Nur so sind die Krone und der Thron Frankreichs Euch gewiß auf Dauer.“ Phillippe sank in seinem Stuhl zurück. Aramis legte ihm die Hand auf die Schulter. „Sire, als ich Euch sagte, daß Euer Recht von Geburt an eine Gnade und eine Last ist, konntet Ihr vielleicht nicht verstehen, was ich meinte. Nun spürt Ihr diese Last wie den bitteren Geschmack einer fauligen Frucht. Aber glaubt mir, Ihr seid derjenige, der diese Last tragen muß, um sie damit Frankreichs Söhnen und Töchtern von ihren Schultern zu nehmen.“ Aramis und Porthos ließen Ihre Freunde Athos und Phillippe alleine. Sie ritten davon, um ihre letzten Aufgaben zu erfüllen, die noch notwendig waren, um das kommende Abenteuer zu bestehen. Lange sah Athos Phillippe an. „Ihr wißt, Majestät, daß ich meinen Sohn Raoul durch des Königs Machenschaften verloren habe. Mein geliebter Sohn war mein ein und alles. Nun, wenn ich Euch ansehe, Sire, entsteht vor meinen Augen sein Lachen und seine Lebensfreude wieder. Ich glaube, daß Gott in seiner Gnade mir einen zweiten Sohn geschenkt hat - Euch. Ich will über Euch wachen, Majestät, bis zu dem Tag, an dem ich meinen letzten Atemzug tue. Ich will Euch über meinen Treueeid hinaus der Vater sein, den Ihr nie hattet. Für dieses Schicksal danke ich Gott." Ergriffen nahm Phillippe Athos Hände. „Soviel Liebe habe ich noch nie in meinem Leben spüren dürfen. Dafür danke ich Euch von ganzem Herzen." Die beiden Männer umarmten sich und zum ersten Mal seit Raouls Tod spürte Athos wieder Glück in seinem Herzen.

Porthos wollte sich mit der jungen Schneiderin vor den Toren von Paris unter einer alten Eiche treffen. Er hatte Ihr seine Kutsche geschickt und diese kam nun mit ihr zurück. Die junge Schneiderin stieg aus und sah Porthos lachend an. „Oh là là, Monsieur, da hattet Ihr mir aber tüchtig zu tun gegeben." „Jaja", lachte Porthos, „schließlich wollen meine Freunde und ich beim Maskenball unseres Königs eine wirklich gute

Figur machen.“ „Besonders Ihr, Monsieur, werdet eine gute Figur machen“, erwiderte schmunzelnd die junge Frau. „Wie meint Ihr das?“ Porthos sah das Mädchen fragend an. „Nun, Monsieur, für Euch habe ich das Kostüm einer Dame von Welt vorgesehen.“ Porthos riß die Augen auf. „Einer Dame?? Was fällt Euch ein?“ „Nun, Monsieur, schließlich mußte ich mit den Stoffen haushalten. Ich hatte vier Kostüme zu fertigen und am Ende blieb mir nur noch Stoff für ein Damenkostüm übrig. Es ist das Eure.“ Porthos schüttelte seinen riesigen Kopf - aber was blieb ihm übrig. Er dankte dem Mädchen und bezahlte sie. Schließlich bot er ihr noch an, sie nach Hause fahren zu lassen, doch sie lehnte dankend ab. Das Haus ihrer Eltern war nicht weit vom Treffpunkt entfernt und so lief sie eilig zu Fuß nach Hause. Porthos begab sich, zusammen mit seiner Fracht, auf den Weg zu Athos. Er machte noch Station bei Meister Gaston und erhielt von diesem die kleinen Nachbildungen der eisernen Maske.

Aramis kehrte in das Haus von Athos zurück. Er legte vier Briefe, die alle das Siegel des Königs trugen, auf den Tisch. „Unsere Einladungen“, sagte er und sah Athos und Phillippe an. „Habt Ihr die aus dem Schloß?“, fragte Athos. „Nein, mein Freund“, erwiderte Aramis, „ich habe sie beim besten Fälscher von ganz Paris fertigen lassen. Sie sind so echt, daß der Zeremonienmeister glauben würde, er habe sie selbst verfaßt." „Auch mit dem Siegel des Königs?", fragte Phillippe. „Das Siegel des Königs ist heute so viel wert wie er selbst - nichts", entgegnete Aramis seinem König. In diesem Augenblick traf auch Porthos ein. Über seinen Arm hatte er die Kostüme gelegt. Er rief nur: „Ein Frauenkostüm - sie hat mir ein Frauenkostüm genäht." Die anderen lachten und Porthos verteilte die Kostüme. Aramis erhielt die Tracht eines türkischen Offiziers und eine dunkle Maske, Phillippe die Kleidung eines jungen Pagen und dazu eine weiße Perücke. Marie-Louise puderte sein Gesicht stark und tat mit Rouge und vielen anderen geheimnisvollen Ingredenzien ein Übriges. Nach wenigen Minuten war der Zwilling des Königs nicht mehr zu erkennen. Athos schlüpfte in das Kostüm eines Landsknechtes und bekam eine Maske, die ein derbes Bauerngesicht zeigte. Porthos verwandelte sich vor den Augen seiner Freunde in die hünenhafteste Dame, derer die Umstehenden je angesichtig wurden. Ihre Versuche, sich zu beherrschen waren vergebens und sie lachten schallend. „Lacht Ihr nur", polterte Porthos, „eines aber verspreche ich Euch: tritt mir auf dem Ball irgendein Herr zu nahe, so wird er eine schmerzhafte Überraschung erleben.“ Die vier Männer reichten einander die Hände. Die drei Musketiere standen vor einem der wagemutigsten Abenteuer ihrer Karriere, Phillippe vor der größten Herausforderung seines Lebens. So verließen die vier das Haus von Athos auf dem Weg in einen ungewissen Abend.

Wechselspiele

Im Schloß herrschte ein wahrlich buntes Treiben. Vor den Toren rollten die Kutschen heran, die Grafen und Edelfrauen in den buntesten Kostümen herbeibrachten. Ein Raunen ging durch die Menge, als eine junge Frau eine schwarze Kalesche verließ. Sie trug ein buntes Pfauenkostüm. Die Nähte ihres Ziergewandes waren so verarbeitet, daß sie ein rundes Gefieder bildeten, auf das die farbenreichsten Pfauenfedern aufgesteckt waren. Ihr Gesicht war bedeckt von einer Maske, welche der Form eines Vogelgesichtes täuschend ähnlich war. Ihr Begleiter kam in der Tracht eines Jägers, und er führte eine Armbrust mit sich, mit der er in der Lage war, kleine Blumen abzuschießen, was er auch, zur Belustigung der Umstehenden, in Richtung seiner Begleiterin tat. Hunderte von Gästen kamen so an. Es war das farbenfroheste und fröhlichste Fest, das Versailles seit langem gesehen hatte. Alle Gäste, die das Schloß betraten, wurden kontrolliert. Aber so ganz war eine Kontrolle der Besucher nicht möglich. Immer dann, wenn große Gruppen von Gästen durch die Eingangstore des Schlosses strömten, nahmen die Wachen nur die Einladungen mit einem flüchtigen Blick wahr und ließen die Besucher passieren. Diesen Umstand machten sich die drei Musketiere und Phillippe zu Nutze. Als sie am Schloß ankamen, traf gerade eine größere Gruppe junger Landedelfrauen in Tierkostümen zusammen mit ihren Begleitern ein. Die Gruppe lachte und scherzte. Einige der jungen Herren hatten offensichtlich schon den Tag über gefeiert, um sich so recht auf den Abend einzustimmen. Die vier Protagonisten drängten sich in die Mitte dieser Gruppe, in der Absicht, so müheloser an den kontrollierenden Wachen vorbei zu kommen. Einer der Musketiere beäugte Porthos genau und sprach ihn an. „Monsieur, darf ich bitte Eure Einladung sehen?“ Porthos machte einen linkischen Knicks und sagte mit verstellter, hoher Stimme: „Aber gewiß doch, Monsieur.“ Die Umstehenden belustigte die Szene, in der diese hünenhafte Grande Dame sich vor der Musketier Wache verbeugte und so fingen sie an, laut und herzlich zu lachen. Dieses Lachen wirkte auch ansteckend auf die Wache und so gab er die Einladung nach einem flüchtigen Blick mit den Worten: „Ich danke Euch, Madame“, lachend an Porthos zurück. So war denn für die vier Verschwörer die erste Hürde genommen, sie befanden sich im Inneren des Schlosses.

D‘Artagnan stand am oberen Ende einer

Wendeltreppe. Von dort aus hatte er den besten Blick in das Foyer, in welches in großen Gruppen die bunt gekleideten Gäste strömten. Er beäugte die Szenerie mit Mißfallen. Zu unüberschaubar war die Situation, selbst der geübte Blick des Marschalls der Musketiergarde konnte nur mit Mühe den ein oder anderen Bekannten ausmachen. Mal fand er am Gang heraus, um wen es sich handelte, manchmal auch an den Stimmen. Aber im Großen und Ganzen fand D'Artagnan die Situation gefährlich. Vielleicht mochte sich doch ein Attentäter eingeschlichen haben. Er könnte sich verbergen im harmlosen Kostüm eines Narren oder hinter der freundlichen Fassade eines Mohren in der Tracht seines Landes. D'Artagnan war besorgt. Er wandte sich ab und gab Leutenant André den Befehl, an seiner Stelle über die Ankommenden zu wachen. D'Artagnan begab sich zu Louis. Der König befand sich in seinem Ankleidezimmer. Er hatte sich für diesen Abend eine besondere Verkleidung einfallen lassen. Der König wollte am heutigen Abend die aufgehende Sonne symbolisieren. Sein prunkvolles Gewand war über und über mit Gold bestickt, so daß es im hellen Widerschein der Kerzen tatsächlich blitzte und funkelte, wie die gleißende Sonne im Zenit ihres Laufes. Seinen Kopf krönte eine vielzackige Corona, von der D'Artagnan auf den ersten Blick nicht erkennen konnte, ob sie mehr die Krone des Königs oder das Rad der Sonne darstellen sollte. D'Artagnan fand, daß sie beides gleichermaßen gut abbildete. Kokett wandte der König sich um und sah D'Artagnan an. „Nun, wie findet Ihr mein Kostüm, Monsieur?" „Ihr seht großartig aus, Majestät." Der König schmunzelte vergnügt. „Das will ich meinen, D'Artagnan. Heute Abend will ich durch die Reihen der Aristokraten Frankreichs schreiten, unnahbar und gleißend wie die Sonne. Wißt Ihr, mein Freund, was ich mir bei diesem Kostüm dachte?" D'Artagnan überlegte kurz und antwortete dann: „Eure Gedanken wollt Ihr mir doch lieber gleich erzählen, Sire, bevor ich lange rätseln muß." „Nun, mein Freund, ich will den Besuchern unseres Festes zeigen, daß ihr König zweierlei für sie sein kann: die wärmende Sonne, die ihre Seelen erfreut und ihre Ernten zum Gedeihen bringt, ebenso wie die gnadenlose Sonne, die sie in den Wüsten verbrennt." „Das, Majestät, ist wirklich eine große, philosophische Idee." „Ja, D'Artagnan", entgegnete der König, „Euer Herrscher ist auch ein wahrhaft großer Philosoph." Louis lachte, bis er merkte, daß D'Artagnan doch recht ernst blieb. „Was bedrückt Euch, D'Artagnan, an einem fröhlichen Tag wie heute?" D'Artagnan überlegte kurz und antwortete dann: „Trotz all unserer Maßnahmen, Sire, bleibt es doch ein Risiko, wenn Ihr Euch frei unter so vielen maskierten Gästen bewegt. Niemand vermag zu sagen, wer sich hinter einer Maske verbirgt. Ist es ein wohlmeinender Freund? Ist es ein treuer Anhänger der Krone und des Königs? Oder ist es ein hinterlistiger Attentäter, der Frankreichs Herrscher nach dem Leben trachtet?" „Mein lieber D'Artagnan", Louis hatte eine gewisse Schärfe in seiner Stimme, „dafür tragt Ihr allein die Verantwortung. Alles war zwischen uns vorher genau besprochen. Ihr garantiert mir meine Sicherheit und mein Leben. Und Ihr garantiert mir das mit Eurem Leben, D'Artagnan." „Selbstverständlich, Majestät", antwortete D'Artagnan, „aber dazu möchte ich Euch bitten, Euch nicht überraschend fortzubewegen, so daß ich stets in Eurer Nähe sein kann." „D'Artagnan, Ihr werdet Eure schützende Hand über mich halten, darauf verlasse ich mich. Aber sagt, warum tragt Ihr kein Kostüm, mein Freund?" „Narretei, Majestät", entgegnete D'Artagnan, „danach steht mir heute nicht der Sinn. Denn, Sire, jeder soll sehen, daß der Marschall der Musketiergarde für seinen König bereitsteht." Louis breitete seine Arme aus, hakte D'Artagnan kurz unter und rief mehr den Umstehenden zu, als er es D'Artagnan sagte: „Nun laßt uns zum Fest gehen und gemeinsam fröhlich feiern." Lachend verließ der König seinen Ankleideraum.

Phillippe und Athos standen in ihren Kostümen nahe einer Kapelle im großen Tanzsaal. Aramis und Porthos hatten sich eine Position gesucht, in der sie den ganzen Raum, der mit hunderten von Menschen gefüllt war, gut überschauen konnten. Porthos war etwas nervös, Aramis die Ruhe selbst. Porthos Nervosität rührte jedoch weniger von der bevorstehenden schwierigen Aufgabe her, als sie mehr dem Umstand zu verdanken war, daß ihn ein schlanker Jüngling in der Verkleidung eines Seeräubers seit geraumer Zeit mit offensichtlich wachsendem Wohlgefallen anlächelte. Porthos Unbehagen wuchs noch, als dieser Jüngling auf ihn zukam und ihn ansprach. „Würden Madame mir die große Freude bereiten und mir den ersten Tanz schenken?" Porthos war irritiert. Er beugte sich zu dem Jüngling vor und antwortete mit seiner tiefen männlichen Stimme: „Madame ist keine Madame, Monsieur." Der Jüngling lächelte vergnügt und entgegnete vertraut: „Das weiß ich doch und eben darum habe ich Euch ja gefragt." Seine Annäherung unterstreichend hielt er Porthos seine Hand hin. Porthos ergriff sie und quetschte sie so fest in der seinen, daß sein Gegenüber für einen Augenblick das Gefühl haben mußte, unter einen fallenden Schmiedehammer geraten zu sein. Seine Augen begannen für einen kurzen Moment fast aus den Höhlen zu quellen. Porthos beugte sich vor und flüsterte seinem Gegenüber ins Ohr: „Mögt Ihr noch mehr Zärtlichkeit von mir, Monsieur?“ „Nein“, entgegnete der Jüngling schwach. Porthos wartete noch einen Augenblick, dann ließ er die Hand seines Gegenübers aus ihrer Umklammerung frei. Sofort verließ der junge Mann den Ort seiner Mißhandlung auf dem schnellsten Wege. „Was war denn, Porthos“, fragte Aramis leise. Porthos antwortete ohne eine Mine zu verziehen. „Ich habe nur eine Einladung ausgeschlagen, mein Freund. Mehr nicht.“ Die beiden wandten sich um, denn die Musik begann zu spielen.

Der König liebte es, seinen Auftritt zu inszenieren. Genau im passenden Augenblick betrat er durch die riesige Tür an der Nordseite des Ballsaales den Raum, und sofort bildeten die Gäste eine breite Gasse für Seine Majestät. Langsam schritt er lächelnd die im Spalier stehenden Gäste ab, manchen begrüßte er huldvoll. Er schritt an das gegenüberliegende Ende des Raumes und ließ sich in einem thronähnlichen Sessel nieder. Auf ein Handzeichen des Zeremonienmeisters hielt die Musik inne. Der König blickte eine Weile in die Runde und erspähte in seiner Nähe eine junge, schwarzhaarige Schönheit im Kostüm eines mittelalterlichen Burgfräuleins. Louis erhob sich wieder und schritt auf sie zu.

Die junge Frau beugte sich tief und errötete, als der König auf sie zuschritt. Louis faßte sie an ihrer Hand, hob sie auf, blickte zu seiner Kapelle und gab das Zeichen für Musik. Dann sah er der jungen Frau in die Augen und fragte: „ Schenkt Ihr mir den ersten Tanz dieses Abends?“ Ohne eine Antwort abzuwarten zog er sie leicht an sich heran und begann, sich den Rhythmen der Musik folgend, zu bewegen. Das Fest war eröffnet. Aramis sah Porthos an. Er sagte: „Mein Freund, der König wird sich sicherlich bald mit jener jungen Frau dort zurückziehen. Wohl nicht für lange, aber die Zeit muß uns reichen, uns seiner zu bemächtigen. Geh Du hinüber zu Athos und schärfe seine Aufmerksamkeit. Wenn es soweit ist, dürfen wir keinen Fehler machen.“ Porthos schob seinen massigen Körper an den tanzenden Besuchern des Maskenballs vorbei Richtung Athos und Phillippe. Er informierte die beiden über das Vorhaben von Aramis. Alle vier suchten sich eine günstige Position, in der Erwartung, daß Louis sich mit der jungen Dame in einen intimen Raum des Schlosses zurückziehen würde. Unter den Freunden herrschte eine erwartungsvolle Anspannung.

D‘Artagnan blieb unauffällig in der Nähe seines Königs. Dieser plauderte ganz angeregt mit der jungen Frau an seiner Seite. Plötzlich wandte

Louis sich von seiner Gesprächspartnerin ab und kam zu D'Artagnan. Er sprach ihn an. „Ihr werdet mich eine Weile allein lassen müssen Monsieur, ich beabsichtige, mich mit der jungen Dame dort kurze Zeit zurückzuziehen.“ Louis wies dabei auf seine Begleiterin. „Sire“, entgegnete D'Artagnan, „ich habe in dieser Sache kein gutes Gefühl.“ „Eure Besorgnis ehrt Euch, aber seht auf dieses zarte Geschöpf, D'Artagnan, sie will mich liebkosen und mir kein Leid zufügen. Seid unbesorgt, mein Freund“, entgegnete der König und wandte sich ab. Er flüsterte der jungen Dame eine kurze Botschaft ins Ohr. Diese schmunzelte und der König begann, sich durch die Festgäste hindurch einem seitlichen Ausgang des Tanzsaales zuzuwenden.

„Es geht los“, zischte Aramis Porthos zu. Wie auf ein unsichtbares Zeichen begannen die vier Verschwörer, dem König zu folgen. Louis verschwand in einem kleinen Raum seitlich des Tanzsaales. Er schloß die Tür hinter sich und war allein. Der König ging zu einem der Fenster und beäugte sein Äußeres in der Spiegelung der Scheibe. Er strich sich seine Haare aus der Stirn und lächelte sich selbst mit all seinem Charme an. Louis freute sich auf die ihm bevorstehenden Augenblicke, als sich die Tür zu dem Zimmer öffnete. „Ah, da seid Ihr ja. Die Schönheit der

Nacht, die Ihren König trifft", rief Louis freudig und wandte sich um. Was er sah, überraschte ihn. Vor ihm stand eine groteske, riesenhafte Dame in Begleitung einer hageren Gestalt, die als türkischer Offizier verkleidet war. Louis sah die beiden lachend an. „Ihr werdet Euch in einem anderen Raum vergnügen müssen, dieser hier ist schon Eurem König vorbehalten." Porthos antwortete: „Monsieur, Ihr werdet heute Abend nur das Vergnügen mit uns haben." Für einen Augenblick war Louis von dieser Antwort überrascht. Plötzlich aber wurde er sich der Gefahr bewußt, vor der D`Artagnan ihn gewarnt hatte. Der König erkannte, daß er keinem Liebespaar gegenüberstand, das ein kurzes Schäferstündchen suchte, sondern offenbar Attentätern, die nach seinem Leben trachteten. Fieberhaft suchte er einen Ausweg. Louis machte einen Schritt nach vorn, doch Porthos fing ihn auf und umklammerte ihn. Als Louis zu seiner Rettung nach D`Artagnan und seinen Wachen schreien wollte, riß Aramis ein Tuch aus seinem Wams und knebelte Louis. Dieser war nun nur noch zu einigen undeutlichen Lauten fähig. Jetzt kamen auch Athos und Phillippe zur Tür herein. Aramis wandte sich um und sagte: „Wir schaffen ihn über die Treppe nach oben. Ihr bleibt hier und sagt der jungen Dame, die zweifelsohne gleich kommen wird, daß sie sich noch eine Weile gedulden muß, bis der König erscheint. Dann folgt ihr uns nach oben.“ Porthos hatte Louis wie ein erlegtes Reh über die Schulter geworfen und trug ihn über eine kleine Wendeltreppe in einen Raum über dem Zimmer seiner Gefangennahme. Aramis folgte ihm. Oben angekommen, warf Porthos den König auf ein an der Wand stehendes Chaiselongue und blieb seitlich von ihm stehen. Aramis setzte sich neben ihn. Er sah ihn ernst an. „Monsieur, Ihr seid heute Euren letzten Tag der König von Frankreich gewesen. Wir beabsichtigen nicht, Euch zu töten. Ich werde Euch nun den Knebel abnehmen. Wenn Ihr einen Laut von Euch gebt, werde ich von meiner Absicht, Euer Leben zu schonen, Abstand nehmen und Euch mit diesem Dolch die Kehle durchschneiden.“ Um seine Worte zu unterstreichen, zog Aramis ein blitzendes, scharf geschmiedetes Messer aus seinem Gürtel und hielt es dem König so nah an seinen Hals, daß er schon fast damit dessen Haut einritzte. „Habt Ihr verstanden, was ich Euch gesagt habe“, fragte Aramis. Louis nickte leicht mit dem Kopf. „Und ihr werdet auch nicht schreien, Monsieur?“ Der Geknebelte schüttelte ebenso leicht seinen Kopf hin und her. Louis zitterte am ganzen Leib. Angstschweiß stand auf seiner Stirn. Aramis löste den Knebel und nahm ihn Louis aus dem Mund. Der König sagte kein Wort. Entgeistert blickte er auf Porthos. Dieser hielt sich jene kleine eiserne Maske vors Gesicht, die er bei Gaston, dem Schmied, hatte fertigen lassen. Der König sah zu Aramis. Auch dieser hielt sich die Kunstschmiedearbeit wie einen Fächer vors Gesicht. Louis glaubte für einen Moment, er habe den Verstand verloren. Aramis sagte mit scharfer Stimme zu ihm: „Und nun, Monsieur, entledigt Euch bitte Eurer Kleider.“ Louis war so schockiert, daß er der Anweisung von Aramis widerspruchslos Folge leistete.

Phillippe und Athos warteten auf die junge Dame. Phillippe schien sehr nervös zu sein. Wie zur Beruhigung legte Athos seine Hand auf die Schulter seines jungen Schützlings und sagte: „Sire, Ihr werdet das überstehen.“ „Ich weiß es nicht“, entgegnete Phillippe, „ich weiß nicht, wie die Menschen dort draußen sind. Ich kenne ihre Gespräche nicht, ich kenne ihre Namen nicht. Ich weiß nicht, wie ich mich unter ihnen bewegen soll.“ „Seid einfach Ihr selbst“, entgegnete Athos, „ohne Selbstzweifel, ohne Angst. Und bedenkt, ich werde stets an Eurer Seite sein.“ In diesem Augenblick betrat mit einem Kichern die junge Dame, mit der Louis verabredet war, das Zimmer. Erstaunt betrachtete sie die beiden Männer, die auf sie warteten. Athos verbeugte sich tief, sah die junge Dame an und sagte freundlich: „Mademoiselle, ihr werdet Euch ein wenig gedulden müssen. Aber Eure...“, Athos räusperte sich, „... Verabredung wird hier in Kürze erscheinen. Bitte nehmt Platz.“ Athos wies Ihr einen bequemen Stuhl an. „Und, Mademoiselle“, beschwörend hob Athos den Finger, „verlaßt auf keinen Fall diesen Raum.“ Die junge Frau nickte aufgeregt und nahm Platz. Athos war sicher, daß sie seiner Aufforderung gehorchen würde und begab sich, zusammen mit Phillippe, in den oberen Raum, in dem seine Freunde schon mit dem Gefangenen auf sie warteten.

Louis hörte Schritte kommen. Für einen kurzen Moment keimte Hoffnung in ihm auf - er dachte an D‘Artagnan. Doch als er die zwei Männer sah, die durch die Tür eintraten, sank er in sich zusammen. Sie hielten sich zwei Nachbildungen der eisernen Maske an kleinen Stäben vor ihr Gesicht. Louis hatte sein Kostüm ausgezogen. Er war nur noch mit einer enganliegenden Hose und einem Hemd bekleidet. Louis sah Aramis an. „Was wollt Ihr von mir“, rief der König laut, „ was wollt Ihr?“ Aramis schwieg. Dann sah er Louis an und antwortete kurz: „Euch nehmen, was Ihr selbst gestohlen habt. Frankreichs Thron.“ Der König sah Aramis entgeistert an. Er konnte sich auf all dies keinen Reim machen.

Diese vier grotesken Gestalten, die Nachbildungen der eisernen Maske. Er fragte sich, was wohl vor sich ging. Phillippe hatte derweil begonnen, sich zu entkleiden. Er legte sein Kostüm ab und begann, sich Puder und Rouge aus dem Gesicht zu wischen. Porthos öffnete einen großen Schrank im hinteren Bereich des Zimmers. Der mutige Hüne wünschte sich nichts mehr, als endlich sein lästiges Frauenkostüm los zu werden. Was seine Augen sahen, konnte er kaum glauben. „Freunde“, rief er erfreut aus, „schaut Euch das an.“ Porthos griff in den Schrank und zog eine Musketieruniform hervor. Zärtlich ließ Porthos seine Hand über die aufgestickte Lilie gleiten und fügte „Das ist Schicksal“ hinzu. Er nahm zwei weitere Uniformen heraus und warf sie Aramis und Athos zu. Porthos und Aramis begannen sofort, sich umzukleiden und warfen ihre Kostüme in den Schrank. Auch Athos nahm die Musketieruniform an sich. Da er aber Phillippe zurück auf das Fest begleiten mußte, zog er diese an und kleidete sich über ihr wieder mit seinem Kostüm. Phillippe war inzwischen vollständig demaskiert. Sein Herz pochte wie wild. Er spürte keinen Speichel mehr in seinem Mund. Seine Hände waren schweißnaß. Phillippe drehte sich um. Louis glaubte, in sein Spiegelbild zu blicken. Die beiden gingen aufeinander zu, keiner war fähig, auch nur ein Wort zu sprechen. Fasziniert betrachtete Louis sein Gegenüber. Er begann, zu begreifen. Als erster brach er das Schweigen. „ Du bist gar nicht tot“, sagte er zu Phillippe, „statt dessen bist Du nun gekommen, Deinen Bruder zu töten.“ Phillippe spürte, wie unendlicher Zorn in ihm aufstieg. „Du bist doch Deines Bruders Mörder“, schrie er Louis an, „Du warst es, der mich so viele Jahre in qualvoller Gefangenschaft hielt. Du warst es, der seinem Bruder das grausamste Schicksal zudachte, das man einem Menschen antun kann.“ Athos legte beruhigend seine Hand auf Phillippes Arm und sagte: „Er ist es nicht wert, Majestät.“ Arrogant sah Louis Athos an. „Majestät? Ihn nennst Du Majestät, Du ehrloser Verräter? Meine Garde wird euch alle fangen und ich schwöre euch, keiner der Herren wird je wieder einen Sonnenaufgang sehen.“ Athos trat einen Schritt vor. Eigentlich hatte er sich geschworen, seine Gefühle im Zaum zu halten, wenn er demjenigen gegenüber treten würde, der seinen Sohn auf dem Gewissen hatte. Die letzten Worte von Louis hatten ihn jedoch so aufgebracht, daß er seine kochenden Gefühle nicht mehr zügeln konnte. „Schweig, Du Bastard“, herrschte er Louis an, „Tod und Verderben hast Du über Dein Land gebracht. Es gäbe tausend Gründe, Dich auf der Stelle zu töten. Du verdankst es nur dem Edelmut Deines geschundenen Bruders, daß Du noch am Leben bist. Wenn Du es auch weiter bleiben willst, dann schweig jetzt.“ Louis besann sich, seine Häscher nicht weiter zu provozieren. Athos sah zu Porthos und Aramis. „Und nun fort mit ihm!“ Porthos nahm den Knebel zur Hand und legte ihn Louis wieder an, dann fesselte er dessen Hände auf dem Rücken. „Wir bringen ihn zunächst in den Keller des Schlosses und von dort auf die Festung Château D'If. Louis Augen weiteten sich vor Angst. Die Verschwörer beabsichtigten also, ihn in Frankreichs grausamstes und entlegenstes Gefängnis zu bringen. Jenen berüchtigten Ort im Mittelmeer, von dessen brandungsumwogten Felsen noch kein Gefangener je zurückgekehrt war. Die Freunde trennten sich. Porthos und Aramis nahmen den gefesselten Louis mit sich fort, während Athos und Phillippe, der zwischenzeitlich das Kostüm seines Bruder angelegt hatte, auf den Ball zurückkehrten.

Die junge Frau wartete immer noch auf die Ankunft des Königs. Langsam hatte sie Zweifel daran, daß er sie wirklich aufsuchen wollte. Da hörte sie Schritte auf der Treppe, die aus der oberen Etage führte. Sie strahlte über das ganze Gesicht. Der König kam in Begleitung eines als Landsknecht verkleideten Mannes. „Majestät“, sagte die junge Frau erfreut und erhob sich.

Phillippe ging auf die junge Frau zu, reichte Ihr den Arm und antwortete: „Mademoiselle.“ Die junge Frau hakte sich bei Phillippe ein und dieser strebte zielsicher zur Tür. Phillippes Begleiterin konnte gar nicht glauben, wie ihr geschah. Da wartete sie geraume Zeit auf ihren König, der sich mit ihr zu einem Tête à tête verabredet hatte, und als dieser endlich erscheint, betritt er mit ihr sofort wieder den Ball. Jeden anderen Begleiter hätte sie sofort beschimpft und ihn verlassen, aber dieser hier war nun einmal der König und man mußte ihm alle seine seltsamen Launen zugestehen. So verließ sie also an der Seite von Phillippe den Raum und die beiden betraten das Fest. Athos folgte dem Paar unauffällig in geringem Abstand. Nun würde also sein Schützling seine große Bewährungsprobe bestehen müssen.

Finale

D'Artagnan war erfreut, seinen König wieder zu sehen. Elegant schritt Phillippe durch die Reihen der Gäste, die abermals ein Spalier bildeten, als sie ihres Königs angesichtig wurden. Phillippe schritt alleine weiter, nachdem er sich von seiner Begleiterin mit einem freundlichen „Mercie, Mademoiselle" verabschiedet hatte. D'Artagnan beobachtete seinen König genau. Er wunderte sich. Hätte ihn ein Umstehender gefragt, D'Artagnan wäre nicht imstande gewesen, zu sagen, was es war. Aber irgend etwas war anders an seinem König. War es vielleicht ein etwas veränderter Gang? Machte er seltsame Bewegungen? D'Artagnan war sich nicht sicher. Aber die Aufmerksamkeit des alten Musketiers war geweckt. Phillippe nahm auf dem thronähnlichen Sessel Platz, den zuvor sein Bruder inne gehabt hatte. Er war gespannt und nervös. Eine junge Dame schritt zu Phillippe und sprach den König an. „Majestät, Ihr hattet mir für dieses Fest einen Tanz versprochen." „Oh ja, Mademoiselle", erwiderte Phillippe. Sein Blick suchte voller Verzweiflung Athos. Als ihre Augen sich trafen, nickte der Musketier seinem Schützling aufmunternd zu und Phillippe schritt mit der jungen Dame zum Tanz. Plötzlich blieb diese mit ihrem Schuh im Saum ihres Kostümes hängen, stolperte und schlug heftig hin. Instinktiv bückte sich Phillippe, um der jungen Frau aufzuhelfen. Er nahm ihre beiden Hände, hob sie auf und sagte freundlich zu ihr: „Ich hoffe, Ihr habt Euch nicht sehr weh getan, meine Liebe." „Nein, nein, Majestät, es geht." Phillippe ließ es sich nicht nehmen, die junge Frau zu einem Stuhl zu geleiten und sagte, nachdem sie dort Platz genommen hatte, zu ihr: „Kann ich Euch noch helfen, Mademoiselle." Die umstehenden Gäste sahen sich erstaunt an. So freundlich hatten sie ihren König noch nie erlebt. Auch D'Artagnan hatte die Szene beobachtet und spürte instinktiv, das irgend etwas mit dem König nicht stimmte. Kein Spott? Keine Häme? Keine abfälligen Bemerkungen zur Belustigung seiner Gäste über die „gefallene" junge Dame? Irgend etwas ungewöhnliches mußte mit dem König geschehen sein. D'Artagnan trat nah an Phillippe heran. „Majestät, ich muß Euch dringend sprechen." D'Artagnan erblickte Unsicherheit in Phillippes Augen. „Bitte, Sire, folgt mir kurz", sagte er zu Phillippe und bedeutete diesem, ihm in die Richtung des gleichen Zimmers zu folgen, in dem er zuvor die junge Dame getroffen hatte. Phillippe hatte keine Wahl. So folgte er dem Marschall der Musketiere in diesen Raum.

Athos befürchtete das Schlimmste. Daß der Auftritt seines Schützlings in der Rolle des Louis nur so kurz sein würde, hatte er sich in seinen schlimmsten Träumen nicht ausgemalt. Und das ihnen ausgerechnet sein alter Kampfgefährte D'Artagnan einen Strich durch die Rechnung machen könnte, damit hatte Athos zu allerletzt gerechnet. Alles schien sich zum schlechten zu wenden. Aber Athos konnte nicht eingreifen. D'Artagnan hätte ihn sofort erkannt. So harrte er für den Augenblick der Dinge, die da wohl kommen würden.

Phillippe war allein mit D'Artagnan in dem Raum, aus dem er zuvor die junge Dame geführt hatte. Der Marschall der Musketiere sah Phillippe intensiv an. „Majestät, was ist mit Euch geschehen in diesem Raum in der letzten Stunde?" „Ich weiß nicht, was Ihr meint", erwiderte Phillippe. „Monsieur ..." Fieberhaft versuchte Phillippe sich zu erinnnern, wer Athos Beschreibung folgend dieser Mann sein könnte. Seine Uniform war die eines Musketiers in einem hohen Offiziersrang. Also vermutete Phillippe, daß es sich bei ihm um, „... D'Artagnan", handeln müßte. „Sire, seid Ihr krank?" „Nein, Monsieur, aber danke Eurer Nachfrage. Aber weswegen wolltet Ihr mich so dringend sprechen?" „Nun, Majestät", D'Artagnan verfiel auf

"Der Mann in der eisernen Maske" –
die Dreharbeiten.

Koordination vor dem Showdown...

Spaßvögel…

Konzentration...

Letzte Anweisungen...

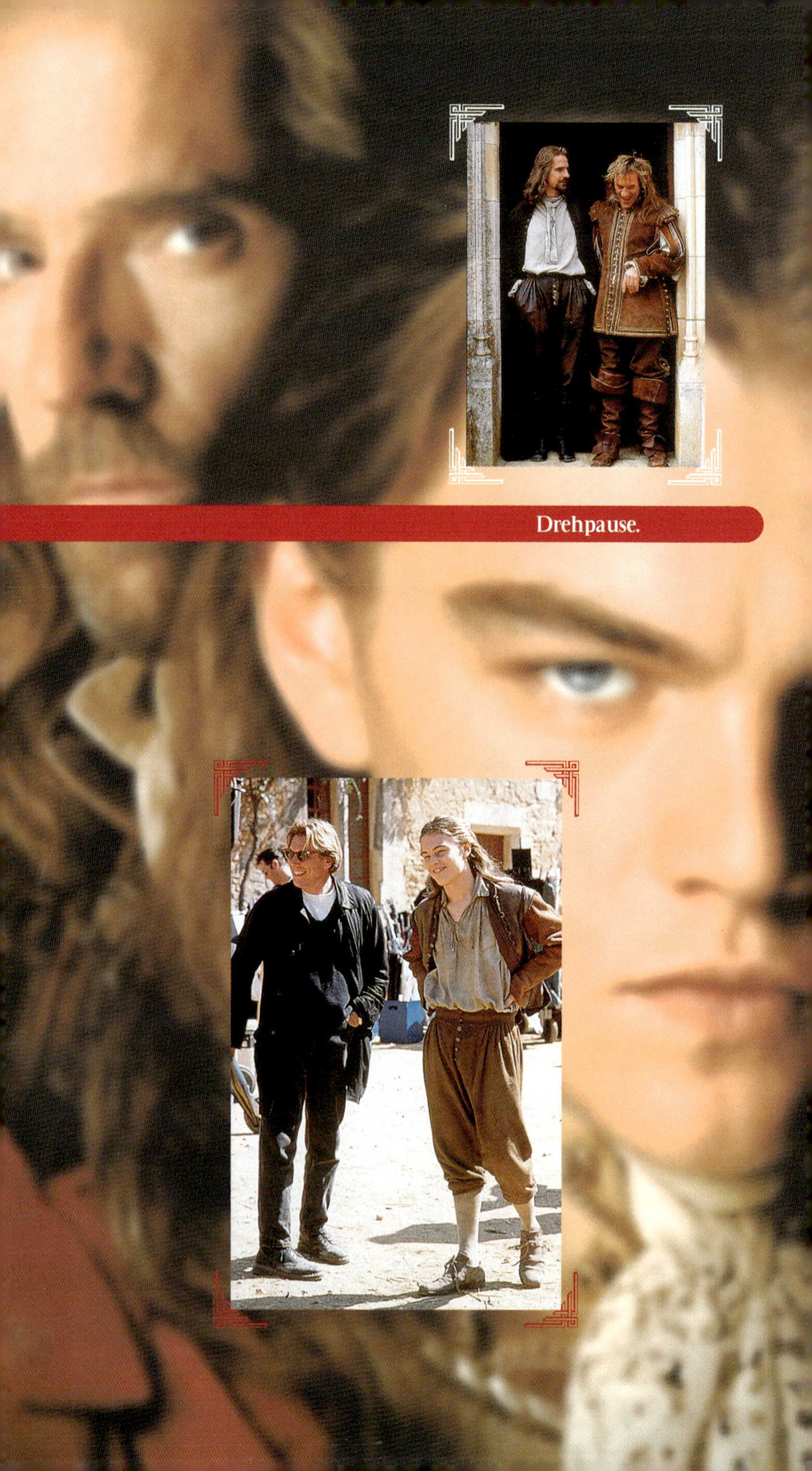

Drehpause.

eine List, „Ihr gabt mir doch den Befehl, unter den Zisterzienser - Mönchen den Aufrührer suchen zu lassen, der den König seiner Herrschaft berauben will.“ „Ja, und“, erwiderte Phillippe, der ein wenig mehr Selbstsicherheit zu gewinnen begann. „Ich habe ihn gefunden, Majestät“, erwiderte D‘Artagnan ruhig. „Und, wer ist es?“, fragte Phillippe. Blitzschnell zog D‘Artagnan seinen Degen und hielt ihn Phillippe unvermittelt an den Hals. „Ganz offensichtlich seid Ihr es, Monsieur, oder zumindestens habt Ihr damit zu tun. Der wahre König hätte gewußt, daß er mir den Auftrag gegeben hatte, den Jesuitengeneral ausfindig zu machen. Wer seid Ihr, mein Herr?“ Phillippe war zu Tode erschrokken. „Ich bin der König von Frankreich.“ „Und ich bin seine Schwester“, antwortete D‘Artagnan abfällig. „Ich will Euch sagen, was Ihr seid, Monsieur. Ihr seid nichts als ein billiger Doppelgänger, der mit Hilfe geheimer Verschwörer als Usurpator auf den Thron von Frankreich gesetzt werden soll. Aber Ihr und die Bande von Halunken, die hinter Euch steht, haben Ihre Rechnung ohne die Musketiergarde des Königs gemacht. Ich will von Euch nur zwei Dinge wissen. Ist Louis XIV, König von Frankreich, noch am Leben?“ Phillippe schwieg. D‘Artagnan trat einen Schritt näher und führte die Klinge noch schärfer an Phillippes Hals. „Monsieur, auch wenn Ihr dem

König ähnelt, glaubt mir, wenn Ihr noch eine Sekunde zögert, mir meine Frage zu beantworten, werdet Ihr in der nächsten vor dem höchsten Richter stehen. So frage ich Euch noch einmal: Lebt der König von Frankreich noch?" „Ja", preßte Phillippe heraus. D'Artagnan senkte seinen Degen. „Nun, Monsieur, dieser Umstand verlängert Euer unwürdiges Leben zumindest für ein paar Stunden. Und nun meine zweite Frage: Wo wird er gefangen gehalten? Erspart es Euch bitte, erneut meine Klinge an Eurem Hals zu spüren." Phillippe wußte nicht, was er tun sollte. Verzweifelt dachte er an Athos und an die von diesem versprochene Hilfe. Er fragte sich, warum er sich überhaupt auf dieses Abenteuer eingelassen hatte. Plötzlich hatte er auch Zweifel daran, daß er wirklich tun sollte, was er hier tat. Eine merkwürdige Sehnsucht keimte in ihm auf, die Sehnsucht, seinen Kopf einfach wieder in jener eisernen Maske zu verschließen, die er so lange hatte tragen müssen. Weit weg zu sein, fern dieses bedrohlichen Ortes wünschte er sich. „Monsieur, ich warte auf Ihre Antwort." Scharf drangen D'Artagnans Worte an Phillippes Ohren. „Man hat ihn in die Katakomben des Schlosses gebracht", hörte Phillippe sich selbst sagen. Dann senkte er den Kopf aus Scham über seine eigene Schwäche. „Diese Antwort, Monsieur, erspart Euch, wenn Ihr Glück habt, die Folter vor Eurer Hinrichtung." D'Artagnan trat ein paar Schritte zurück und öffnete die Tür zum Ballsaal, ohne dabei Phillippe aus den Augen zu lassen. Er sah Leutenant André und winkte diesen mit einer kurzen Bewegung herbei. „Leutenant", sagte D'Artagnan zu seinem Untergebenen, „Seht Ihr diesen Mann?" Leutenant André blickte auf Phillippe und dann erstaunt zurück zu D'Artagnan. „Selbstverständlich, Monsieur. Dies ist der König von Frankreich." „Er ist es nicht, Leutenant André. Dies ist sein Doppelgänger. Der wahre König wird in den Katakomben unter dem Schloß gefangen gehalten, wenn er überhaupt noch am Leben ist. Ruft alle Männer der Garde herbei, fesselt und knebelt diesen hier und nehmt ihn mit. Besetzt alle Ausgänge des Schlosses, niemand darf entkommen. Niemand darf das Schloß verlassen. Und", fügte D'Artagnan hinzu, „laßt die Königin Mutter über das informieren, was ihrem Sohn widerfahren ist." „Jawohl, Monsieur." Leutenant André winkte zwei weitere Offiziere herbei, die Phillippe fesselten und knebelten. Dann folgten sie ihrem Marschall, der die Musketiere sammelte zum Gefecht gegen die Verschwörer.

Königin Anne war alleine in ihren Gemächern. Nach Festen und Vergnügungen stand ihr nicht der Sinn. Das zurückgezogene Leben, das sie schon seit vielen Jahren führte, war seit der Nachricht vom angeblichen Tode Phillippes noch einsamer geworden. Still fristete sie ihre Tage, meist in Gebeten oder tiefer Melancholie versunken. Ihre junge Zofe betrat nach zaghaftem Klopfen das Zimmer von Anne. Gütig sah die Königin-Mutter sie an und fragte: „Was gibt es, meine Liebe?“ „Ein aufgeregter junger Musketier möchte Euch sprechen, Königliche Hoheit“, antwortete die Zofe. Anne ließ das Buch sinken, in dem sie las und sah ihre Zofe erstaunt an. „Was will er“, fragte Anne erstaunt. „Er sagt, er habe Befehl nur mit Euch persönlich zu sprechen“, antwortet die Zofe. „So laßt ihn herein.“ Anne erhob sich. Ein junger Musketier von vielleicht neunzehn Jahren und dem Gesicht eines Buben betrat den Raum. Er nahm seinen Hut ab und salutierte. „Königliche Hoheit, ich habe eine Meldung für Euch von D`Artagnan, dem Marschall der Musketiergarde.“ Anne wartete. Der junge Mann sprach nicht weiter. Freundlich lächelte sie ihn an und fragte: „Und, mein Junge, was ist die Meldung?“ Unsicher sah der junge Mann in Richtung der Zofe, die noch im Zimmer wartete. „Königliche Hoheit, ich muß Euch die Meldung ... alleine ... nur für Euch ... so mein Befehl.“ Anne sah zu ihrer Zofe. „Sophie, laß uns bitte allein.“ Die Zofe verließ den Raum und der junge Musketier eröffnete seinen Auftrag.

„Madame“, sagte er, „D`Artagnan hat einen Doppelgänger Eures Sohnes verhaftet. Dieser wurde gegen unseren König ausgetauscht. Euer Sohn ist in der Hand von Verschwörern, die ihn in den Katakomben des Schlosses gefangen halten. D`Artagnan versucht, den König zu befreien.“ Anne erstarrte. Tausend Gedanken zuckten ihr auf einmal wie Feuerbälle durch den Kopf. Sie sah den jungen Musketier an und sagte: „Danke, Monsieur. ihr könnt gehen.“ Sofort entfernte er sich, um wieder zu seiner Kompanie zu stoßen, die auf der Jagd nach den Verschwörern war. Die Königin-Mutter wurde sich bewußt, daß Gott in seiner Gnade ihr das zweite Mal in ihrem Leben eine Chance gegeben hatte.

Athos realisierte die Unruhe, die plötzlich auf dem Fest herrschte. Er sah, wie eine Kompanie der Musketiergarde nach oben stürmte, und es gelang ihm, einen flüchtigen Blick in den kleinen Raum zu werfen, in den D'Artagnan mit Phillippe verschwunden war. Athos erkannte die Situation. Nun ging es um Minuten. Er hatte Phillippe versprochen, ihn nicht alleine zu lassen. Athos suchte sich eine versteckte Stelle und riß sich seine Maskerade vom Leibe. Die Musketieruniform, die er sich zuvor angezogen hatte, kam zum Vorschein. In dem allgemeinen Durcheinander konnte Athos unbehelligt den hinunterstürmenden Musketieren folgen, die ihn für einen der ihren hielten.

Seit einiger Zeit irrten Porthos und Aramis mit ihrem Gefangenen zusammen durch die Katakomben von Versailles. Aramis wußte, daß es unter dem Schloß verborgene Kanalverbindungen zur Seine gab, und sein Plan war es, daß sie mit ihrem Gefangenen in einem Boot auf einem jener unterirdischen Kanäle heimlich und unbemerkt das Schloß verlassen könnten. Der fahle Schein der Fackeln warf ein gespenstisches Licht auf die beiden Fliehenden und ihren Gefangenen. Der Tritt ihrer Stiefel hallte durch die vielen Wege und Schächte, welche die Baumeister des Schlosses in unzähligen, labyrintartigen Windungen unter das Schloß gebohrt hatten. An einer Gabelung blieben die zwei Freunde stehen. Porthos, der den gefangenen Louis immer noch geschultert trug, schnaufte heftig und sah Aramis an. „Hörst Du das, mein Freund? Von überall her kommen Schritte näher.“ „Ja, Porthos, ich höre es“, erwiderte Aramis. Tatsächlich, aus allen Richtungen schienen Menschen kreuz und quer zu laufen, wie Kinder beim Versteckspiel. Aramis sah Porthos an. „Ich befürchte, mein Freund, etwas an unserem Plan ist schief gegangen. Aber es gibt kein Zurück mehr. Nehmen wir den Weg nach rechts. Dort glaube ich noch keine Schritte zu hören.“ Die beiden Musketiere begaben sich auf den von Aramis vorgeschlagenen Weg. Tatsächlich - er schien frei. Die beiden liefen so schnell sie konnten durch einen kleinen, tunnelartigen Gang, von dessen Decke schon seit vielen Jahren die Feuchtigkeit zur Erde tropfte. Ihre Stiefel traten im Takt in den aufgeweichten Boden, den diese stetige Berieselung hinterlassen hatte. Schließlich erreichten sie einen kleinen, unterirdischen Hafen, indem auch tatsächlich ein Kahn in der Größe einer Nußschale vor Anker lag. Die Mole öffnete sich zu einer gewaltigen Halle hin, deren Kuppel dem ersten Anschein nach der einer Kathedrale ähnelte. Als Aramis sich anschickte, das Tau, mit dem der Kahn an einen hölzernen Pfahl befestigt war, zu entfernen, hörten die beiden Schritte. Unvermittelt wandten sie sich um. Ein einzelner Musketier kam auf sie zugelaufen. Athos stellte Louis neben sich auf dem Boden ab, um sich dem vermeintlichen Angreifer zuzuwenden. Da erkannte er dessen vertrautes Gesicht. Es war Athos, der schwer atmend zu seinen Freunden stieß. „Es ist alles verloren. Phillippe ist erkannt und verhaftet worden. Nun jagen sie euch.“ „Wir müssen uns beeilen“, flüsterte Aramis. Doch es war schon zu spät. Als sie eben den Kahn besteigen wollten, um ihre Fahrt über den dunklen, unterirdischen Kanal in die Freiheit zu beginnen, hörten sie hinter sich das Geräusch unzähliger trampelnder Stiefel. Eine Gruppe Musketiere stürmte den selben Gang entlang, den auch die drei Verschwörer zuvor gewählt hatten und waren nun hinter ihnen angekommen. Sie blieben etwa fünfundzwanzig Meter entfernt von Porthos, Athos und Aramis stehen. Porthos zog seinen Degen und legte ihn an Louis Hals. „Wenn wir sterben, Monsieur", raunte er Louis ins Ohr, „dann seid gewiß - Ihr werdet mit uns sterben.." „Das Spiel ist aus, Monsieur", rief der ältere Musketier an der Spitze der heranstürmenden Gruppe, „hier endet Eure Flucht. Ich verhafte Euch alle im Namen der Krone." Aramis sah den Musketier an. Es war D`Artagnan.

Entscheidungen

Königin Anne hatte sich eilig umgekleidet. Sie hatte ein schlichtes, schwarzes Kleid angelegt und ihre langen, wunderschönen Haare einfach nach hinten gebunden. Mit festen Schritten verließ sie ihre Gemächer. Diesmal wollte sie nichts dem Zufall überlassen. Vor vielen Jahren wurde ihr das Schicksal ihres Sohnes aus der Hand genommen. Dies sollte kein zweites Mal geschehen.

Die ungleichen Gegner standen sich gegenüber. Auf der einen Seite D'Artagnan, hinter dem sich die gesamte Kompanie der Musketiere unter der Führung von Leutenant André versammelt hatte, auf der anderen Seite Athos, Porthos und Aramis mit dem gefangenen Louis, der immer noch von Porthos mit dem Degen an seinem Hals bedroht wurde. D'Artagnan rief seinen ehemaligen Kampfgefährten zu: „Messieurs, Eure Lage ist aussichtslos. Ergebt Euch." Athos antwortete ihm: „Das werden wir niemals tun, D'Artagnan." „So schlage ich Euch einen Austausch vor. Ihr übereignet mir Euren Gefangenen, und ich übereigne Euch den meinen." „Damit wir dann alle des Todes sind, D'Artagnan", rief Aramis. „Ich sichere Euch freies Geleit zu, wenn Ihr mir den König übergebt - freies Geleit für Euch alle." Plötzlich stürmte ein junger Musketier aus den hinteren Reihen vor und rannte schreiend, seinen Degen vorausstreckend, auf Aramis zu. Dieser wich ihm geschickt aus, und der Musketier stürzte hinter ihm in den Kanal der Seine. D'Artagnan fuhr herum und rief seinen Männern zu: „Daß mir das nicht noch einmal geschieht. Niemand bringt das Leben des Königs in Gefahr." Athos wandte sich seinen beiden Freunden zu. „Wenn wir Phillippes Leben retten wollen, dann müssen wir auf D'Artagnans Angebot eingehen." Er wandte sich an D'Artagnan: „In vielen Schlachten standen wir Seite an Seite. Schwörst Du bei Deiner Ehre und bei unserer Freundschaft, D'Artagnan, daß Du uns ziehen läßt, wenn wir die Gefangenen ausgetauscht haben?" „Ich schwöre es bei meiner Ehre. Aber sprich mir nicht von Freundschaft, Verräter. Für dieses eine Mal werde ich Euch gehen lassen. Aber ich schwöre Euch, ich werde Euch durch ganz Frankreich jagen, und wenn ich Eurer habhaft werden kann, so werdet Ihr sterben für diesen Hochverrat." „Würdest Du unsere Gründe kennen, D'Artagnan, so wärst Du sicherlich anderer Meinung", rief Aramis zurück, „aber nun, wir sind einverstanden. Ihr laßt Euren Gefangenen gehen und wir den unseren.

Gleichzeitig und langsam. Und", Aramis zog seine Pistole, „denkt daran, daß meine Kugel Deinen König treffen wird, wenn Du, D'Artagnan, oder einer Deiner Männer sein Wort nicht hält." Er gab Porthos einen Wink, und dieser entließ Louis aus seiner Umklammerung. Gleichzeitig ließ D'Artagnan auch Phillippe gehen. Die beiden jungen Männer schritten langsam aufeinander zu. Dabei waren auf den Kopf von Louis drei Pistolen gerichtet, auf den von Phillippe eine vielfache Zahl. In der Mitte der Halle trafen sich die beiden und sahen sich nur kurz und verächtlich an. Dann schritten sie weiter in ihr jeweiliges Lager. Louis kam als erster an. Sofort entfernte D'Artagnan ihm den Knebel aus dem Mund, ein anderer Musketier löste seine Handfesseln. Porthos tat das gleiche mit Phillippe. Sofort nach seiner Befreiung wandte Louis sich um und rief verächtlich in die Richtung seiner Feinde: „Damit hattet Ihr nicht gerechnet, Messieurs. Nicht mit meiner tapferen Garde und ihrem noch tapfereren Anführer D'Artagnan." Dann wandte er sich D'Artagnan zu und sagte ohne Gefühlsregung: „Und nun laßt die Verbrecher erschießen." D'Artagnan erblaßte. Er sah seinen König an. „Majestät, ich habe mein Wort gegeben." Louis lachte. „Was ist ein Wort, wenn Euer König in der Hand von Mördern ist? Natürlich mußtet Ihr jedes Versprechen geben, D'Artagnan, das sie von Euch verlangten. Aber dieses gilt nur so lange, bis Euer König wieder frei ist. Nun seid Ihr an kein Wort mehr gebunden. Laßt sie erschießen.“ D‘Artagnan wandte sich seinem König zu. Er sah ihn fest an und sagte: „Sire, ich kann es nicht, denn ich habe geschworen, sie gehen zu lassen.“ Bevor Louis D‘Artagnan antworten konnte, ertönte eine Stimme aus einem seitlichen Gang. „Und Du kannst es nicht, weil Du dann Deinen Sohn töten würdest, D‘Artagnan“, rief sie. Es war Anne, die Mutter des Königs. D‘Artagnan fuhr herum und starrte sie an, ebenso wie die Musketiere und die Verschwörer. Sie trat aus dem Schatten heraus, so daß alle sie sehen konnten. „All die Jahre habe ich geschwiegen, und nun muß ich das Geheimnis offenbaren vor aller Welt. Nicht mein Mann, der König von Frankreich, ist der Vater meiner Söhne, sondern der Mann, den ich dereinst so liebte - Ihr, D‘Artagnan.“ „Söhne“, rief D‘Artagnan. „Ja, mein Lieber. Denn nicht nur der, dem Du seit vielen Jahren treu dienst, ist unser Sohn, sondern auch jener, der dort bei Deinen Freunden steht. Sie sind in der gleichen Nacht geboren. Mein Mann ließ einen von ihnen fortbringen - Phillippe. Der andere, Louis, kam auf den Thron und regierte Frankreich. Wenn Du die Krone verteidigen willst, dann bist Du auf beiden Seiten richtig.“ Anne wandte sich nun

Louis zu. „Wenn Du aber die Wahrheit, den Mut, die Aufrichtigkeit und die Treue verteidigen willst, dann gibt es nur die Wahl einer Seite - und das ist jene.“ Anne hob ihre Hand und zeigte auf die Gruppe um Phillippe. Louis war außer sich. Er schrie: „Schweig, Mutter.“ Dann sah er D‘Artagnan an. „Es ist ganz gleichgültig, was sie sagt. Ihr habt nur einem Befehl zu gehorchen, und das ist der meine. Auf der Stelle laßt Ihr diese vier erschießen.“ Eisiges Schweigen lag über der Halle. D‘Artagnan zog seinen Degen, erhob ihn und trat einige Schritte vor. Ein breites Grinsen ging über Louis’ Gesicht. Er glaubte zu wissen, daß D‘Artagnan nun den Feuerbefehl geben würde. Die Musketiere mit ihren Pistolen standen direkt hinter ihm. Doch das Lachen erstarb auf Louis’ Gesicht, als er sah, was D‘Artagnan tat. Er ging mit erhobenem Degen auf seine alten Kampfgefährten zu, die ebenfalls ihre Waffen blitzen ließen. Die vier Männer sahen sich an. D‘Artagnan wandte sich an Phillippe. Er sagte ihm: „Verzeiht mir, Majestät ... mein Sohn.“ Dann stellten sie sich alle vier schützend vor Phillippe. Sie kreuzten ihre Degen, hoben sie in die Höhe und riefen wie aus einem Mund: „Einer für Alle - und Alle für Einen.“ Wie ein gewaltiger Donnerhall rauschten ihre Worte durch die uralten Katakomben und wurden ein ums andere Mal zurückgeworfen von den

Wänden, als wären sie nicht vier sondern tausende Kehlen. Louis war zornig und fassungslos. Er sah zu Leutenant André und sagte zu ihm: „Nun, Leutenant, dann werdet Ihr eben den Verrätern die gerechte Strafe geben. Ich befehle Euch, sie zu erschießen. Jetzt auf der Stelle." Leutenant André wandte sich zu seinen Männern um und blickte jedem einzelnen in die Augen. Dann zog er seinen Degen und hob ihn an. Gleichzeitig stürmten Athos, Porthos, Aramis und D'Artagnan los. Aus ihren Kehlen drang ein Schrei, der jeden Feind erblassen ließ. Leutenant André ließ seinen Degen sinken und rief: „Feuer!" Wie ein Schuß lösten sich die Kugeln aus über vierzig Pistolen und erfüllten die Katakomben mit Donnerhall. Eine riesige Rauchschwade verhüllte die ganze Szenerie, so daß nicht zu erkennen war, wieviele Kugeln die tapferen Musketiere niedergestreckt haben würden. Anne hielt sich die Hände vors Gesicht. Louis lachte. Als sich der kleine Gefechtsnebel langsam verzog, erstarb sein Lachen zum zweiten Mal in kurzer Zeit. Direkt vor ihm standen seine Entführer, D'Artagnan und sein Bruder, Phillippe. Leutenant André wandte sich um, sah den König an und sagte: „Sire, kein Musketier schießt auf den tapfersten Mann Frankreichs - auf den Marschall Eurer Garde, D'Artagnan. Und Ihr seid verhaftet, Monsieur." Dann hob er seinen Degen, und die Gruppe seiner Musketiere tat es ihm nach. Aus vierzig Kehlen drang der Ruf: „Einer für Alle - Alle für Einen.“ D‘Artagnan sah Leutenant André an: „Monsieur, ich danke Euch.“ In diesem Augenblick entwand Louis dem Musketier, der direkt neben ihm stand, seinen Degen, tat einen Schritt nach vorn und schrie: „Es gibt nur einen König, und der bin ich!“ Erfüllt von unsagbarem Haß stürzte Louis vor, die Spitze des Degens auf das Herz seines Bruders gerichtet. Dies erkannte D‘Artagnan, der genau zwischen seinen Söhnen stand, und mit einer Bewegung, die der eines Panthers gleichkam, warf er sich in den tödlichen Stich. Die Waffe drang tief in D‘Artagnans Brust ein. Mit einem Röcheln brach er zusammen. Sofort stürzten sich einige der umstehenden Musketiere auf Louis und hielten ihn fest. Aus dem Seitengang war ein langgezogener Schrei zu hören. Er kam von Anne. Phillippe kniete neben seinem Vater nieder. Athos, Porthos und Aramis taten es ihm gleich. Porthos erkannte als erster, daß sein Freund sterben würde. D‘Artagnan nahm Aramis’ Hand. „Bitte gib mir den letzten Segen, mein Freund.“ Der Priester im Gewand eines Musketiers tat, worum sein Freund ihn gebeten hatte. Nun sah D‘Artagnan zu seinem Sohn. „Sei ein guter und gerechter König, mein Sohn.“ D‘Artagnan hielt inne. „Oh, Anne ... geliebte Anne“, hauchte er. Es waren

D'Artagnans letzte Worte. Der tapferste Mann, der je Frankreich die Treue geschworen hatte, war tot. Phillippe erhob sich und sah seinen Bruder an. Er sagte: „Wenn ich Dich sehe, sehe ich das Spiegelbild des Bösen. Du bist die Buhlschaft des Teufels. Alles Schlechte vereint sich in Dir. Darum entscheide ich, daß Dein Schicksal sein soll, was Du mir als Schicksal zugedacht hast. Du wirst Dein Leben bis zu Deinem letzten Atemzug im Château D'If fristen, während Dein Antlitz von einer eisernen Maske umhüllt ist." Phillippe sah zu Leutenant André. „Euch, Monsieur, bin ich zu Dank verpflichtet. Ich übertrage Euch das Kommando über die Garde des Königs." Dann wandte er sich an Leutenant Andrés Männer: „Musketiere, Ihr habt Frankreich heute einen Dienst erwiesen, einen noch größeren habt Ihr seinem König erwiesen. Doch jeder Mann hier muß schwören, daß er, solange er lebt, kein Wort darüber verlieren wird, was er heute hier gesehen hat. Denn ich werde weiter regieren - als Louis XIV, König von Frankreich." Die Musketiere legten einen feierlichen Eid ab, den kein einziger von Ihnen je brechen sollte. Dann wandte Phillippe sich wieder zu Leutenant André: „Und nun schafft diesen hier fort", dabei zeigte er auf seinen Bruder, „damit nie wieder ein Mensch sein Angesicht sieht." Louis, der das bisher Geschehene stumm erlebte, fing nun laut an zu schreien und zu flehen. Doch die Musketiere schafften ihn fort, und niemand sollte Louis noch einmal zu Gesicht bekommen bis zu seinem Tode. Phillippe wandte sich Athos, Porthos und Aramis zu: „Meine Freunde, ich bin Euch zu tiefem Dank verpflichtet. Von nun an, das verspreche ich Euch, wird Frankreich glorreicheren Zeiten entgegengehen. Wir werden gemeinsam Frieden schaffen und dem hungernden Volk Nahrung geben. Auf daß das Volk seinen König so liebe, wie der König sein Volk.“ Athos hatte Tränen in den Augen. Er hatte einen Freund verloren und einen Sohn gewonnen. Gemeinsam trugen die vier den toten D‘Artagnan davon.

Beerdigung

Die Garde der Musketiere war vollständig angetreten. Sie war das Geleit für den größten Beerdigungszug, den Paris je für einen Toten gesehen hatte, der nicht zum Königshaus gehörte.

D'Artagnans Sarg stand auf einer Lafette, die von acht Rappen gezogen wurde. Dem Sarg voran ging, an der Spitze, der König. Neben ihm ging seine Mutter Anne. Den beiden folgten Athos, Porthos und Aramis im Gewand der königlichen Garde. Sie hatten alle Zeichen mit Ausnahme der Lilie entfernt, so daß die Farbe ihrer Gewänder vollständig schwarz war. Besonders Porthos konnte seiner Gefühle kaum Herr werden. Tränen flossen unablässig seine Wangen hinunter, und ab und an hörten die Umstehenden, wie ein leises Schluchzen aus seinem Mund drang. Die Straßen waren gesäumt von schweigenden Menschen. Die Bürger von Paris hatten D'Artagnan sehr geliebt, aber noch viel mehr brachte sie die Anwesenheit des Königs und die damit verbundene Neugier auf die Straßen. Doch wenn sie einen von hunderten von Wächtern behüteten Monarchen erwartet hatten, so irrten sie. Allein schritt der König voran. Seine würdevolle und ruhige Ausstrahlung brachte auch diejenigen zum Schweigen, die sich vorgenommen hatten, dem König ihre Wut ins Gesicht zu schreien. Der Herrscher Frankreichs hatte sich schon viele Jahre nicht mehr so offen seinem Volk gezeigt. Es sollte der Beginn von vielerlei Veränderungen im Reich sein, die in ihrer Summe aus diesem König noch den Liebling des Volkes machen sollten.

Der Leichenzug war nun in die Straße zum Friedhof eingebogen. Hunderte von alten Bäumen säumten D'Artagnans letzten Weg. Wie in einer gespenstischen Verabredung sang kein Vogel, wog sich kein Blatt im Wind, als der Musketier seinen letzten Weg auf dieser Welt zurücklegte. Nun rollten die Räder der Lafette schon auf dem Wiesengrund des Friedhofs. D'Artagnans Grab lag auf einer Anhöhe direkt unter einer alten Buche. Hier sollte er allein seine letzte Ruhe finden. Sein gebrochener Blick war gerichtet auf die höchsten Türme von Paris, jener Stadt, in der er allein zwei Königen mehr treue Dienste erwiesen hatte als hundert andere gute Männer.

Die Lafette hatte Ihr Ziel erreicht. Die letzten Meter würden seine besten Freunde aus guten alten Tagen seinen Sarg tragen. Die unbeteiligten Zuschauer staunten nicht schlecht, und es ging ein Raunen durch die Menge, als sich der vierte Sargträger Athos, Porthos und Aramis anschloß. Es war der König selbst.

Die vier schulterten den Sarg und trugen ihn zum Grab. Dort stellten sie ihn auf zwei Taue, die über der Öffnung der Grube gespannt waren und die von insgesamt acht kräftigen Musketieren gehalten wurden, zwei an jedem Tauende. Aramis trat vor, um für seinen Freund und Kampfgefährten die Grabesrede zu halten. Aramis war ernst aber gefaßt, als er vor D'Artagnans Sarg trat. Er sah sich lange um und blickte in viele bekannte Gesichter, die meisten davon durch Trauer und Tränen gezeichnet. Aramis begann mit einem Psalm „Der Herr ist mein Hirte, mir soll es an nichts mangeln. Er führet mich auf eine grüne Aue und zu frischen Wassern. Sein Stecken und Stab trösten mich. Der Herr bereitet mir einen Tisch im Angesicht meiner Feinde.“ An dieser Stelle hielt Aramis kurz inne. „Wir tragen heute einen tapferen Mann und treuen Freund zu Grabe. Einen Mann, dessen Namen noch kommende Generationen mit Ehrfurcht aussprechen werden. Einen Mann, der mit ganzem Herzen der Krone gedient hat. Aber auch einen Mann, dessen Herz von Liebe erfüllt war. Wir werden ihn in Erinnerung behalten, bis wir selbst alle diesen Weg, den er uns vorangegangen ist, beschreiten müssen.“ Aramis faltete die Hände. „Herr, nimm diesen Deinen treuen Diener auf in Dein

Himmelreich und laß ihn bei den Tapferen und Aufrechten zu Deiner Seite sitzen. Amen." Aramis bekreuzigte sich, und die Umstehenden taten es ihm gleich. Dann wandte er sich ein letztes Mal dem Sarg von D'Artagnan zu. Aramis zelebrierte ein Segenszeichen und rief: „Asche zu Asche, Staub zu Staub." Er trat zur Seite.

Die Musketiere, welche die Taue hielten, ließen nun D'Artagnans Sarg langsam in die Grube hinab. Leutenant André gab seiner angetretenen Kompanie ein Zeichen, und aus hundert Musketenläufen wurde eine Salve zu D'Artagnans Ehren abgefeuert. Dann traten als erste der König und seine Mutter an das offene Grab. Der König griff zur Seite und warf ein Häuflein Erde auf den Sarg unter ihm. Mit Tränen in den Augen murmelte er: „Asche zu Asche, Staub zu Staub, Vater." Annes Gesicht war von einem dichten, schwarzen Schleier verhüllt. Sie hielt eine dunkelrote Rose in der Hand. Sie warf die Blume auf D'Artagnans Sarg. Sie landete genau in der Mitte. Anne hauchte: „Adieu, mein Geliebter." Dann traten Athos, Porthos und Aramis zu dritt an das Grab des Freundes. Athos und Aramis mußten Porthos in ihrer Mitte stützen, der so betroffen war vom Tod seines Freundes. Die drei verabschiedeten sich, indem sie über dem geöffneten Grab die Degen kreuzten und mit tränenerstickter Stimme riefen: „Einer für Alle und Alle für Einen.“ Dann wandten sie sich ab. Das Défilé an D'Artagnans Grab sollte noch Stunden dauern. Erst am frühen Nachmittag sollten die Totengräber Gelegenheit erhalten, ihn in den ewigen Frieden zu betten.

Es sollte für die drei übriggebliebenen Freunde ebenso wie für Anne und für den König nicht der letzte Tag gewesen sein, an dem diese in der Stunde der Muße oder der Stunde der Bedrängnis Ruhe und Einkehr am Grab des geliebten Freundes suchen würden.

Sturm brauste. Die wilde Brandung des Meeres schlug mit Gewalt an die zerklüfteten Felsen eines öden Eilands. Nichts schien den tobenden Naturgewalten Einhalt gebieten zu können. Der Sturm stieg hoch und drang mit seiner Kraft auch in die letzten Winkel dieses wohl abgelegensten Ortes der Welt. Der Wind heulte durch die tristen Flure dieses Gefängnisses, zu dessen Insassen nur die gemeinsten und übelsten Verbrecher Frankreichs gehörten. Suchte ein aus seinen Alpträumen Erwachender nach einem Wort für das Grauen, so wäre Château D'If ein passender Begriff. Aus einem der dunkelsten Verliese drangen Schreie, die den tobenden Sturm noch übertönten. Es waren die Schreie des einsamsten

Gefangenen. Immer wieder schlug er mit der eisernen Maske, die seinen Kopf umschloß, gegen die Stäbe an seiner Zellentür und schrie: „Ich bin der König von Frankreich.“

Epilog

Der Morgen graute schon, als der alte Mann seine Erzählung beendet hatte. Längst war die Flamme der Kerze erloschen. Monsieur de Latour hatte sein Schreibzeug beiseite gelegt und schwieg eine Weile. Dann sah er den Alten an und sagte: „Monsieur, diese Geschichte, die ich soeben von Euch hörte ist so ganz und gar unglaublich, daß ich, käme sie nicht aus einem so gut beleumdeten Mund wie dem Euren, sie ins Reich der Phantasie abtun müßte. So aber weiß ich, daß Ihr mich gerufen habt, um die Wahrheit zu hinterlassen. Und um so leichter fällt mir auch mein Schwur, als ich nun weiß, warum ihn mein Vater leistete." Der alte Mann sah Monsieur de Latour nachdenklich an. „Euer Vater hat seinem Land einen mutigen Dienst erwiesen. Er war seinem König danach noch, wie Ihr wißt, viele Jahre ein treuer Diener." „Aber sagt, Monsieur", fragte der junge Schreiber, „wie konnte mein Vater wissen, daß die Musketiere unter seinem Kommando nicht auf D`Artagnan und die seinen schießen würden?" „Das, Monsieur, ist ein Geheimnis, ein Zauber. Aber ich habe oft noch mit Eurem Vater darüber gesprochen. Er bestätigte mir immer wieder, daß er sich keiner Sache auf dieser Welt je so sicher gewesen sei, wie dem Umstand, das alle seine Männer das Gleiche tun würden - eher auf sich selbst zu schießen, als auf D`Artagnan."

„Gestattet mir eine Frage, Monsieur, auch wenn es Euch unziemlich scheint. Ihr seid der letzte von allen, die diese unglaublichen Geschehnisse erlebten, der noch am Leben ist. Und nun brecht Ihr Euren Schwur, niemals über die Geschehnisse zu sprechen." „Diese Frage ist durchaus nicht unziemlich, Monsieur de Latour. Ich habe vor langer Zeit schon mit dem König selbst darüber gesprochen und gerne will ich Euch erklären, warum ich sie nun habe niederschreiben lassen. Ah", der Alte lächelte, „jetzt erinnere ich mich sogar wieder, wann ich mit dem König darüber sprach. Es war der erfreuliche Tag, an dem Euer Vater in den Adelsstand erhoben wurde. Der König und ich waren uns einig darüber, das nachkommende Generationen, selbst wenn sie nur Teile, und das wäre ja wahrscheinlich, von allem Geschehenen erfahren würden, sie hinter all dem eine Verschwörung gegen die Krone vermuten würden. Vielleicht kämen gar Zweifel auf, daß der regierende König von Frankreich zu Unrecht seinen Thron inne hätte. Aufstände und ein Bürgerkrieg könnten die Folge sein. Und um dies zu vermeiden, ließen einige Vertraute, die ebenfalls den damaligen Geschehnissen beiwohnten, denjenigen von seinem Eid entbinden, der als letzter am Leben blieb. Er sollte die Geschichte aufschreiben und bewahren lassen, für den Fall, den ich Euch soeben schilderte. Und so hat der Herr in seiner Gnade mich für diese Schicksal auserwählt. Da ich nun, wie Ihr wißt, Monsieur, es nicht mehr selbst aufschreiben kann, in wessen Hände sollte ich die Geschichte mit größerem Vertrauen legen, als in die Euren.?"

„Verzeiht meine Neugierde, aber noch bin ich nicht fertig. Es gibt noch eine Frage, die mich beschäftigt." „Aber bitte, mein lieber Freund. Fragt mich nur. Obwohl ich gestehen muß, daß mich die lange Nacht und das Aufwühlen der alten Geschichten schon sehr mitgenommen hat." „Verzeiht Monsieur..." „Nein, nein, mein Lieber, fragt mich nur, denn wir wollen die Gnade unseres Schöpfers nicht über Gebühr strapazieren. Wer weiß ob Ihr je wieder die Gelegenheit haben werdet, mich zu fragen. Meine letzte Stunde wird bald kommen, soviel ist gewiß."

Der junge Mann sah sein Gegenüber lange an. „Ihr spracht davon, daß, würde die Geschichte ans Lichte dringen, sie gar Kriege entfachen könnte. Wieso?" „Nun, ganz einfach, mein Freund. Auf dem Thron saß nicht der legitime Erbe eines Königs, sondern der Nachkomme einer Österreichischen Prinzessin namens Anne und eines Musketieres aus der Gascoigne. Wer nun ist Frankreichs legitimer Regent? Ein Verwandter aus der Familie von Louis oder Phillippes Vater? Würden Österreichs Monarchen Anspruch auf Frankreichs Thron erheben? Welches Gericht sollte darüber entscheiden? So haben wir es entschieden. Wir ließen die Nachkommen einer schönen und edlen Prinzessin und eines der besten Männer Frankreichs unser Land regieren und wie Ihr selbst wißt, geschah dies mit großer Umsicht und Liebe. So tun es auch dessen Nachkommen nun. Ich hoffe", setzte der Alte hinzu, „wir haben weise entschieden."

Der junge Monsieur de Latour hatte keine Fragen mehr. Er packte sein Schreibzeug zusammen und faltete die vielen in der Nacht eng geschriebenen Seiten. Dann sah er den alten Mann an. „Ich werde diese Zeilen bis zu meinem Tode verwahren und sie auch darüber hinaus verwahren lassen. Niemand soll je erfahren, was Ihr getan habt, um daraus einen eigenen Nutzen abzuleiten. Ihr alle habt nur nach Eurem Gewissen gehandelt und ich glaube, Ihr habt recht getan. Monsieur, ich lasse Euch nun allein. Wenn Ihr etwas braucht oder Ihr zu Eurer Geschichte noch etwas sagen wollt, dann schickt jederzeit nach mir.

„Monsieur de Latour, ich danke Euch. Ihr habt mir einen großen Dienst erwiesen. Ich wünsche Euch ein langes und glückliches Leben. Möge Gott Eure Tage segnen."

Der junge de Latour erhob sich. Er reichte dem Alten die Hand, drückte sie fest und sah ihm in die Augen. „Ich danke Euch für Euren Mut in früheren Tagen und für Euer Vertrauen zu mir in der heutigen Nacht. Lebt wohl, Monsieur Aramis."

Nachtrag

Mehr als hundert Jahre nach dem Gespräch zwischen dem jungen Schreiber Monsieur de Latour und Aramis und fast hundertdreißig Jahre nach den Geschehnissen, welche die zuvor beschriebene Geschichte erzählt, stürmten die Truppen der Bürgerlichen erst die Bastille und dann das Château D'If. Sie fanden dort Aufzeichnungen über zwei geheimnisvolle Gefangene, die beide eine eiserne Maske um ihr Gesicht getragen hatten und die beide nach ihrem Tode eingeäschert wurden. Dieses ungelöste Geheimnis konnte niemals aufgeklärt werden.

ENDE